Omslag & Binnenwerk: Buronazessen - concept & vormgeving

Drukwerk: Grafistar, Lichtenvoorde

ISBN 978-90-8660-162-2

© 2011 Uitgeverij Ellessy
Postbus 30227
6803 AE Arnhem
www.ellessy.nl

Muziek voor Eva

Bianca van Strien

FAMILIEROMAN

ELLESSY
RELAX

Hoofdstuk 1

'Je zult het goed hebben bij mij.'

Alle geluiden in de fitnessstudio verdwenen naar de achtergrond. Eva's hele omgeving vervaagde en er leek op de hele wereld niets anders meer te bestaan dan Johans donkerbruine ogen. Ze beet een keer op haar lip en voelde hoe haar hart nog sneller begon te kloppen.

'Daaraan twijfel ik ook helemaal niet,' antwoordde ze, ondanks de vreemde ervaring, eerlijk.

'Niet?' Er verscheen verbazing in de mooie ogen. Verbazing en iets wat ze niet thuis kon brengen.

'Nee. Het probleem is dat het me veel te aantrekkelijk lijkt.' Met moeite rukte ze haar ogen los van de zijne en ze greep naar haar glas om een slok cola te nemen. Ze was zelf een beetje geschrokken van haar eerlijkheid, maar besloot bij het onderwerp te blijven. Ze realiseerde zich dat ze zich bij Johan in de buurt anders voelde dan anders. Hoe anders kon ze niet precies zeggen. Prettiger in ieder geval. Meer op haar gemak. Rustiger – behalve haar hart: dat ging sneller slaan als ze hem zag.

Sinds een paar weken raakten ze iedere keer als ze elkaar zagen aan de praat en ze had gemerkt dat dat belangrijk voor haar was geworden. Iedere keer keek ze ernaar uit hem weer te zien.

'Waarom denk je dat ik niet met je aan de sekt ga?' sprak ze over zijn uitnodiging van een paar minuten eerder. Op het moment dat ze hem weer aankeek, zag ze dat hij nu bijna nog verbaasder naar haar zat te kijken, waardoor ze een glimlach niet kon onderdrukken.

'Je bedoelt dat je je echt iets kunt voorstellen bij de gedachte een paar dagen met zo'n oude vent als ik door te brengen? Dat je niet misselijk wordt bij dat idee?' bracht hij zijn verbazing onder woorden.

'Misselijk? Nee.' Ze schudde haar hoofd. 'Ik ben er een beetje bang voor om met je samen te zijn. Ik ben er bang voor om mijn hoofd te verliezen als ik bij je ben. Waarschijnlijk is het met mijn zelfbeheersing helemaal afgelopen als ik ook maar één slok van die sekt drink.' Ze knikte naar zijn glas, haar weigering had hem er niet van afgehouden het wel te bestellen.

Hij bleef haar zonder iets te zeggen aankijken en het viel haar op dat hij een keer diep adem haalde.

'Ben je teleurgesteld nu ik dat zo gezegd heb?' vroeg ze hem. Het verbaasde haar zelf dat ze zo met hem sprak, dat ze toegaf wat ze voor hem voelde, wat haar zelf nogal verwarde. Niet omdat hij vierenveertig was en zij binnenkort vijfentwintig zou worden. Hij was een mooie man met zijn korte donkerblonde haren, waarin nog geen enkele grijze haar te zien was. Zijn gezicht was vriendelijk en hij glimlachte veel. Het was hem ook aan te zien dat hij aan sport deed; hij was slank, maar niet te mager. Ook was hij groter dan zij. Iets wat niet alle mannen waren. Toch was het een verrassing dat ze überhaupt iets voor hem voelde en dat het haar plotseling zo duidelijk was. Buiten dat verbaasde het haar ook dat het belangrijk voor haar was het hem te vertellen. Het gebeurde zelden dat ze iemand vertelde wat ze voelde. Dat gebeurde eigenlijk nooit.

'Nee. Natuurlijk niet teleurgesteld, nogal verbaasd dat je erop doorgaat. Ik meen het ook serieus, ik had alleen nooit verwacht dat je op die manier zou reageren.' Hij nam een slok van zijn sekt en keek haar daarna meteen weer aan. 'Ik had gedacht dat je me hartelijk zou uitlachen en snel van onderwerp zou veranderen of naar huis zou gaan. Dit is stukken beter.' Hij grijnsde wat onbeholpen. 'Ik ben sinds ik je hier de eerste keer heb gezien al een beetje verliefd op je,' vervolgde hij toen en plotseling wist ze wat het onbekende dat ze in zijn ogen had gezien was geweest: hoop. Dat ze zich in ieder geval een beetje tot elkaar aangetrokken voelden, was duidelijk omdat ze iedere keer aan de praat raakten en elkaar gewoonweg zaten aan te staren. Was ze misschien ook een beetje verliefd op hem? Als ze op de manier afging waarop ze op zijn woorden reageerde, dan was ze dat zeker.

Maar wat wist zij daar nou van? Ze dacht niet dat ze ooit weleens verliefd was geweest, zoals nu had ze zich in ieder geval nooit eerder gevoeld. Dus misschien...

Ze haalde opnieuw diep adem. Dat kwam wel erg onverwacht.

Er viel een stilte die nogal ongemakkelijk was en ook een beetje ongewoon: er waren tot dan toe weinig stiltes tussen hen gevallen. Plotseling verlegen met de situatie staarde ze in haar glas cola en vroeg ze zich af wat ze moest doen of zeggen. Haar lef liet haar nu helemaal in de steek. Ze begon eraan te denken om toch naar huis te gaan, zodat ze niet nog meer rare dingen tegen hem zou zeggen, ook al was het wel erg spannend.

'Eva?'

Het verlangen en de onzekerheid die ze alleen bij het uitspreken van dat ene woordje, haar eigen naam, hoorde, bezorgde haar een warm gevoel in haar buik. Nooit eerder had iemand haar naam op die manier uitgesproken en ze keek snel weer naar hem op.

Hij was absoluut veel interessanter dan de belletjes in haar glas.

'Als je wat je net zei serieus meent,' begon hij aarzelend. 'Kunnen we dat met dat weekend misschien eens doen.'

Hoewel het klonk als een zin die bij haar normaal gesproken alle alarmbellen zouden hebben laten rinkelen, knikte ze instemmend. 'Ja, dat kunnen we doen.' De warmte in haar lichaam verspreidde zich langzaam en het verbaasde haar dat ze haar woorden niet meteen terugtrok en er alsnog vandoor ging, maar ze voelde zich als gehypnotiseerd door zijn ogen en haar onverwachte verlangen. 'Ik heb dit weekend niet zoveel gepland,' vervolgde ze toen zelfs, terwijl ze bedacht wat ze nog had willen doen: werken, haar huishouden en nog meer werken. Het belangrijkste in haar leven, haar werk als *Event Manager* bij een grote firma, leek plotseling niet meer belangrijk. Dat zou natuurlijk genoeg moeten zijn om haar weer tot normaal denken aan te moedigen, maar ze negeerde het alarmbelletje dat toch nog zacht begon te rinkelen. Succesvol. Nu ze wist hoe het met zijn gevoelens stond en die van haar, wilde ze niet dat dit – wat het ook mocht zijn – voorbijging. 'Misschien moeten we het maar gewoon doen.' Ze haalde diep adem en zag hem bevestigend knikken. 'Dan ga ik naar huis om me om te kleden en dan kun je me daar ophalen zodat we dit weekend samen kunnen doorbrengen.' Ze dronk haar glas in één keer leeg, maar zelfs de koude limonade kon de warmte in haar lichaam niet verdringen.

'Ben je bang dat je spijt van je toezegging krijgt als we tot het volgende weekend wachten?' Hij glimlachte en nam opnieuw een slokje van zijn sekt.

'Ik ben bang dat er te veel tijd verloren gaat als we te lang wachten, bovendien kan het zijn dat ik volgend weekend moet werken.' De mogelijkheid dat ze moest werken, was echter niet de enige reden dat ze ineens zo'n haast had. Hij had gelijk: ze was een beetje bang dat ze uiteindelijk de alarmbelletjes niet meer zou kunnen negeren en ze deze gelegenheid zou missen. Maar zelfs zij mocht best één keer in haar leven iets impulsiefs en spannends doen en ze had besloten dat dit het juiste moment en Johan de juiste man daarvoor was.

Ze glimlachte ook naar hem en stond op. Haar knieën knikten en ze hoopte dat niemand dat zou merken toen ze naar de bar liep om te betalen. Nadat ze dat had gedaan, liep ze nog even naar hem terug.

'Tenzij jij van gedachten verandert, kun je me over een uurtje bij mij thuis komen ophalen.' Ze pakte een visitekaartje en schreef daar snel haar privé-adres en mobiele nummer achterop en legde het kaartje voor hem op tafel. Het verbaasde haar hoe zelfverzekerd ze klonk. Het was ook alleen maar uiterlijke schijn; ze beefde en was behoorlijk bang voor wat er te gebeuren stond. Toch kon ze haast niet wachten tot het zover was.

Hoofdstuk 2

Nadat Eva snel had gedoucht en haar haren droog had geföhnd stond ze een eeuwigheid voor haar kledingkast, omdat ze niet wist wat ze aan moest trekken. Die besluiteloosheid was helemaal nieuw voor haar. Uiteindelijk trok ze toch haar lichtgrijze, halflange jurk aan. Een van de weinige kledingstukken die niet al te zakelijk was. Ze maakte zich een beetje op en deed een parelcollier om met bijpassende oorbellen. Ze besloot haar lange, donkerblonde haren los dragen. Iets wat ze waarschijnlijk al in geen drie jaar had gedaan, omdat ze het altijd opstak zodat ze er geen last van had tijdens haar werk.

Toen ze in de spiegel keek, leek ze een vreemde met de lichte blos op haar wangen en de stralende grijze ogen die haar anders altijd zo serieus aankeken. Ze besloot dat dat in orde was omdat ze zich helemaal een beetje vreemd gedroeg. Ze was niet zichzelf en voor één weekend kon dat.

Ze begon een weekendtas in te pakken met kleding en haar toilettas. Intussen verklaarde ze zichzelf voor gek, maar ze verlangde naar Johan en wist dat ze enorm teleurgesteld zou zijn als hij zich zou bedenken en niet zou komen. Misschien uiteindelijk ook opgelucht, maar vooral teleurgesteld.

Ze vroeg zich af of ze wel hetzelfde van elkaar wilden: ze verlangde naar hem, maar meer nog verlangde ze naar iemand die haar vasthield; iemand die voor haar zou zorgen; iemand die haar zou vertroetelen, en ze vermoedde dat hij dat zou doen. Hij had min of meer gezegd dat hij dat zou doen en ze was ervan overtuigd dat hij het had gemeend, zelfs al kende ze hem alleen van die paar gesprekken in de studio en dus niet zo vreselijk goed. Ze waren tot vandaag nooit erg persoonlijk geworden en hadden hoofdzakelijk over hun werk gesproken. Ze nam het op de koop toe dat het later een vergissing bleek te zijn en hij alleen seks met haar wilde. Ook daarnaar verlangde ze.

Eén weekend zou ze met hem doorbrengen, zou ze zich laten gaan en doen wat ze voelde. Gewoon omdat ze daar ineens zo'n enorme behoefte aan had en ze niet meer alleen wilde zijn. Na het weekend zou ze zich dan vast wel weer normaal kunnen gedragen.

Waarschijnlijk waren haar hormonen krankzinnig geworden. Bij vrouwen kwam dat ook voor had ze weleens ergens gelezen. Het was een opluchting dat ze een mogelijke reden had gevonden voor haar idiote gevoelens. Dat het bij haar tot nu toe niet was gebeurd, betekende niet dat ze er niet op voorbereid was.

Uit het kastje naast haar bed pakte ze een pakje condooms. Het pakje zat nog dicht en het zou niet gek zijn als ze het mee zou nemen. De houdbaarheidsdatum zou vast verstrijken als ze de condooms in het kastje liet liggen. Snel keek ze achterop de verpakking om te kijken of dat niet al gebeurd was. Dat was niet het geval en ze was er zelfs een beetje verbaasd over. Ze kon zich de laatste keer dat ze met iemand naar bed was geweest, maar met moeite herinneren. Het was niet zo bijzonder geweest, in ieder geval geen krankzinnige hormonen zoals nu.

Het was tijdens een driedaagse cursus gebeurd. De man – ze kon niet eens op zijn naam komen – was aardig geweest en beiden hadden ze geen zin gehad om 's avonds alleen in de saaie hotelkamer te blijven, daarom waren ze samen gaan eten en uiteindelijk in bed terechtgekomen. De volgende ochtend kwam ze erachter dat hij getrouwd was en dat hij spijt had van wat ze hadden gedaan. Daarna had ze nooit meer iets van hem gehoord. Iets wat haar niet had gestoord.

Het pakje propte ze in haar tas: zoals ze zich voelde als ze aan Johan dacht, hadden ze die nodig.

De deurbel ging en ze schrok ervan. Snel stopte ze nog een handdoek in haar tas en liep ze naar de gang. Nadat ze in de spion had gecontroleerd wie ervoor de deur stond en ze inderdaad Johan ontdekte, begon haar hart als een wilde te razen. Hij had zich niet bedacht en was echt gekomen om haar op te halen. Nadat ze nog een keer diep adem had gehaald, opende ze de voordeur.

'Hallo.' Hij glimlachte en haar hart ging nog sneller slaan toen hij haar van top tot teen in zich opnam. Even liet hij zijn hand door haar lange haren gaan.

'Je ziet er schitterend uit,' zei hij zacht toen zijn ogen de hare weer bereikten. 'Ik hoop dat je intussen niet van gedachten bent veranderd.'

'Nee, kom binnen dan pak ik mijn tas.' Ze sprak sneller dan normaal en sloot de deur achter hem toen hij binnen was.

Hij draaide zich naar haar toe en trok haar in zijn armen, haar dicht tegen zich aandrukkend en als vanzelf sloeg ze haar armen om hem heen.

O, wat voelde dat zalig. Hij was groot en sterk, rook heerlijk en hield haar in zijn armen. Ze klampte zich aan hem vast alsof ze niet meer van plan was hem ooit nog los te laten. Ze realiseerde zich echter meteen dat ze er niet alleen naar verlangde door hem te worden vastgehouden; ze verlangde echt naar hem, ze wilde veel meer van hem: ze wilde alles. Wat dat dan ook allemaal mocht zijn. Ze voelde hoe hij diep ademhaalde en keek naar hem op.

'Laten we gaan, Eva, laten we maken dat we hier wegkomen.' Hij drukte een tedere kus op haar lippen.

Hoewel de kus naar meer – heel veel meer – had gesmaakt, maakte ze zich uit zijn armen los en ze knikte ademloos. Het verbaasde haar een beetje dat het zo belangrijk voor hen was om weg te gaan. De kans dat iemand bij haar langs zou komen was gering en zelfs dat zou niets uitmaken. Ze had geen relatie, woonde alleen en het ging niemand iets aan wat ze deed, wat zij deden. Dat ze een weekend met hem zou doorbrengen zou zelfs niemand iets kunnen schelen. Toch wilde ze niet hier en nu met hem vrijen. Johan drukte een tedere kus op haar wang. Blijkbaar wilde hij ook niet hier met haar vrijen.

Ze pakte haar laptop en aktekoffertje van de vloer. 'We kunnen.'

'Heb je geen andere spullen, kleding of zo?' vroeg hij een beetje aarzelend, nadat hij de twee tassen had bekeken.

'O ja, natuurlijk.' Ze gaf hem de computer aan en liep naar haar slaapkamer om snel haar weekendtas te pakken. Op het moment dat ze haar bed zag, overwoog ze hem te roepen maar ze greep de tas er vanaf en liep naar hem terug.

'Denk je dat je dit allemaal nodig hebt?' Hij hield de tas met haar computer omhoog.

'Ik ga nooit zonder mijn computer op stap.' Ze haalde haar schouders op en bedacht dat het voor hem waarschijnlijk niet zo vanzelfsprekend was als voor haar. 'Voor het geval ik nog tijd heb om te werken dit weekend,' vervolgde ze toen.

Hij trok zijn wenkbrauwen op en grijnsde. Een moment leek het alsof hij op haar woorden wilde reageren, maar hij deed het niet. 'Laten we gaan.'

In de lift werd ze zich erg van de spanning tussen hen bewust en ze hield zich krampachtig aan haar tas vast, omdat ze zich anders nog aan hem zou vergrijpen. Hij zag er niet uit alsof hij dat vreselijk zou vinden, maar ze woonde op de 7de verdieping en het kwam maar weinig voor dat ze alleen in de lift stond. Er kon elk moment iemand binnenstappen. Eva was erg opgelucht toen de lift beneden stopte en ze naar zijn de auto konden lopen.

Johan zette haar spullen in de kofferbak van zijn zwarte Mercedes en ze zette de weekendtas ernaast. Hij opende de deur voor haar en nadat ze was gaan zitten, liep hij om de auto heen en stapte ook in. In plaats van te starten en weg te rijden, draaide hij zich naar haar toe en streelde haar wang. Langzaam liet hij zijn hand langs haar hals naar beneden glijden, ter hoogte van haar hart stopte hij en keek hij in haar ogen.

'Ik hoop dat je hart niet zo tekeer gaat, omdat je bang bent,' fluisterde hij.

'Nee, ik ben niet bang. Tenminste niet echt, niet voor jou.' Ze slikte een brok in haar keel weg en hoopte dat haar stem iets minder hees zou klinken op het moment dat ze verder sprak en haar hand over de zijne legde. 'Ik ben nogal overweldigd door wat ik voel, door mijn gevoelens voor jou, door jouw gevoelens voor mij en ik ben bang dat ik dat niet aankan.' Ze schoof een klein stukje dichter naar hem toe om zijn gezicht aan te raken. Zijn wang was warm en glad, blijkbaar had hij zich geschoren in het uur dat ze beiden alleen hadden doorgebracht. 'Dit is helemaal nieuw voor mij en dat maakt me een beetje zenuwachtig.'

Hij glimlachte ook een beetje onzeker. 'We doen niets wat we niet willen, oké?'

Ze knikte en keek hem recht aan, zich langzaam naar hem toebuigend. Ze wilde zijn onzekerheid wegkussen, ze wilde haar onzekerheid wegkussen. De kus werd meteen nogal hongerig beantwoord.

Wat hen ervan afhield om niet meteen in de auto met elkaar te vrijen, wist ze niet, maar ze beëindigden beiden op hetzelfde moment de kus, behoorlijk buiten adem.

'Ik geloof dat we beter kunnen gaan.' Hij keek haar aan en ze knikte weer, terwijl ze terug schoof naar haar plekje op de passagiersstoel.

Met trillende handen maakte ze haar gordel vast. Het duurde niet lang voor hij de auto had gestart en de weg opdraaide.

Eva wist ongeveer waar Johan woonde, in een huis langs de Vecht. Zo'n huis kon niet iedereen zich veroorloven, maar hij was een succesvol zakenman, eigenaar van een van de bekendste reclamebureaus in het land. Buiten dat had hij nog een computerfirma en een restaurant in zijn bezit. Er werd ook gezegd dat hij goed gespeculeerd had met aandelen. Wat zijn zaken betrof wist ze redelijk veel van hem.

Johan reed over de korte oprijlaan langs het huis naar de garage. Een van de drie garagedeuren ging open en hij reed zijn auto naar binnen. De garage was waarschijnlijk groter dan haar hele flatje. Er stond nog een auto in, een zilveren Mercedes SLK.

'Rij je daar weleens mee?' vroeg ze nadat ze was uitgestapt en ze de andere auto even bewonderde.

'Ja soms, als het mooi weer is.' Hij kwam naar haar toe. 'Als je wilt mag je er weleens mee rijden. Een cabriolet is erg interessant.'

Ze knikte. 'Dat hoop ik. Ik heb net een nieuwe auto besteld. Volgende week kan ik hem eindelijk gaan ophalen. Het is een blauwe cabriolet, een sportwagen. Er lijkt me niets heerlijkers.'

'Niet?' Hij draaide haar naar zich toe en zijn donkere ogen boorden zich in de hare.

Haar hart begon meteen weer als een wilde te kloppen, op slag was ze de auto's vergeten en ze sloeg haar armen om zijn hals. Er was in ieder geval nog één ding heerlijker dan sportwagens en dat was Johan.

Hoofdstuk 3

Eva probeerde niet al te geschokt te zijn over zichzelf en vroeg zich af of ze ooit een Mercedes cabriolet zou kunnen zien, zonder aan seks te hoeven denken. Ze haalde diep adem, trok haar kleren recht, wachtte tot Johan haar spullen uit de kofferbak had gehaald en liep met hem het huis binnen.

'Wow!' Verbaasd bekeek ze de enorme ronde hal. Door de grote ramen was het er erg licht en er was een brede trap zichtbaar.

'Ik zal je alles laten zien.' Johan zette de tassen op de grond, pakte haar hand vast en, nadat hij haar een tedere kus had gegeven, begon hij aan een rondleiding door het huis.

'De afgelopen vijftien jaar heb ik bijna alles in dit huis gestopt. Ik weet dat ik dit gedaan heb in de hoop dat het ooit een thuis zou worden,' vertelde hij. 'Het is een heel mooi huis, met alles erop en eraan, maar het is geen thuis. Ik voel me iedere keer als ik hier kom een vreemde. Meestal is er niemand en ik ben al blij als ik iemand van het personeel ontdek in het huis, in het zwembad of in de sauna, zodat er in ieder geval nog iemand plezier aan heeft. In dat geval kan ik tenminste eens met iemand een praatje maken als ik thuiskom.' In de ruimte die hoofdzakelijk als bibliotheek gebruikt werd, keek hij om zich heen alsof hij zijn omgeving voor het eerst waarnam, toen glimlachte hij en keek haar aan. 'Net was het voor het eerst dat ik het gevoel had thuis te komen.'

Ze voelde zich nog warmer worden dan ze al was. Een gevoel dat vanuit haar hart leek te komen. 'Omdat ik bij je ben?' vroeg ze hem op bedeesde toon.

'Ja, omdat jij bij me bent voel ik me hier nu prettig. Ik wil je alles laten zien, wil alles met je delen.' Hij streelde teder haar gezicht. 'Ik wil dat jij je hier prettig voelt.'

Eva keek hem onderzoekend aan. Voor het eerst sinds ze hem kende, bedacht ze dat hij best eens erg eenzaam kon zijn. Ze had tegen hem opgekeken omdat hij succesvol was en vreselijk veel bereikt had in zijn carrière. Ze hoopte dat ze zou kunnen worden als hij. Alleen was nog niet eerder in haar opgekomen dat het weleens erg eenzaam zou kunnen zijn aan de top. Maar het was logisch dat het eenzaam was bovenaan de ladder. Haar zou het niet anders vergaan. Ze moest toegeven dat ze zich de laatste tijd nogal eens alleen had gevoeld. Toch was ze, nu ze zijn huis had gezien, nog steeds vastbesloten door te gaan zoals ze al jaren bezig was.

Het was fantastisch, met alles wat erbij was: het zwembad, de sauna, de tennisbaan, fitnessruimte, stallen – waar maar één paard in stond – de garage, de bibliotheek, de grote keuken. Vooral de enorme woonkamer was een droom. De ramen waren hoog en gaven een prachtig uitzicht op de Vecht en op de tuin die volstond met bloeiende planten. Ook de inrichting sprak haar aan. Het had de juiste mix van klassiek met modern. Het paste precies bij het huis en bij Johan. Op de bovenverdieping waren nog een vijftal mooie, grote kamers. Drie daarvan hadden een eigen badkamer. Alles was er en het was van alle gemakken voorzien. Dit was haar idee van een droomhuis.

Weer terug in de hal aangekomen pakte Johan haar aktetas en computer op om die naar het kantoor te brengen. Natuurlijk liep ze met hem mee. Op een van de twee bureaus zette hij de spullen

neer. Goedkeurend keek ze het moderne kantoor rond. 'Mooi.'
Ze glimlachte naar hem waarna ze zorgvuldig haar computer
uitpakte.

'Dank je.' Onderzoekend keek hij naar wat ze aan het doen was.
'Je gaat me toch niet vertellen dat je staat te popelen om aan het
werk te gaan?' Hij liep naar haar toe en pakte haar hand vast,
waardoor ze haar bezigheden moest stoppen.

Een beetje verward keek ze naar hem op. Ze had automatisch
haar computer uitgepakt en als hij niets zou hebben gezegd, zou
ze inderdaad zijn gaan zitten om aan het werk te gaan. Ze fronste
haar voorhoofd en bedacht dat dit zeker niet de bedoeling was
geweest van haar komst.

Johan glimlachte en liet zijn handen over haar voorhoofd gaan,
daarna liet hij ze langs haar hals naar haar schouders glijden. De
tedere aanraking zorgde ervoor dat haar de echte reden van haar
komst weer te binnen schoot en er ontsnapte haar een zucht. Hij
draaide haar zo naar zich toe dat hij de spieren in haar nek en
schouders kon masseren.

'Je bent zo gespannen als een veer,' hoorde ze hem op zachte toon
zeggen. 'Ik weet dat dit niet alleen is vanwege ons, vanwege deze
situatie. Je bent altijd erg gespannen, je klaagt over hoofdpijn en
je bent vaak moe.'

Ze had zich nooit gerealiseerd dat ze hem zoveel had verteld. Zou
ze zich de afgelopen weken al zo bij hem op haar gemak hebben gevoeld, dat ze zich over haar werk – haar leven dus – had
beklaagd? Of kende hij de symptomen zo goed dat hij ze meteen
herkende als hij ze zag? In ieder geval masseerde hij haar schouders en nek alsof hij nooit anders gedaan had en ze realiseerde

zich dat ze zich inderdaad steeds meer kon ontspannen. Het leek steeds minder belangrijk dat ze toch nog wel het een en ander te doen had voor maandag.

'Dit weekend zal ik voor je zorgen zoals nog nooit iemand voor je heeft gezorgd,' zei hij.

Zijn ademhaling streek langs haar oor en Eva voelde zich heerlijk warm worden. Ze had het niet verkeerd begrepen: hij wist waar ze behoefte aan had, misschien wel beter dan zij.

Langzaam draaide hij haar naar zich toe. 'We zijn verwante zielen,' zei hij. 'In jou herken ik mezelf. Hoe ik was, hoe ik al die jaren geweest ben. Weet je, je moet zo niet doorgaan. Je werkt jezelf te pletter en wat heb je tegen de tijd dat je veertig bent?' Hij haalde zijn schouders op.

'Dit.' Ze opende haar armen en keek om zich heen.

'Maar er is niemand die hier op me wacht. Er is niemand die het met me deelt. Als ik thuiskom ben ik altijd alleen. Ik kan je vertellen dat het dat niet waard is. Het huis staat dan ook al een poosje te koop. Ik woon hier alleen nog maar omdat ik nog geen tijd heb gehad iets anders te zoeken. Dat wil ik de komende week gaan doen.'

Dit bericht schokte haar nogal. 'Ben je gek?' Ze staarde hem verontwaardigd aan. Hoe kon hij dat waar hij zo lang en hard voor had gewerkt verkopen? 'Wat wil je ervoor hebben?'

Hij keek ook een keer om zich heen en haalde zijn schouders op. 'Zeg maar wat je ervoor wilt geven.' In tegenstelling tot haar bleef hij rustig.

'Ik neem aan dat je een makelaar in de hand hebt genomen die de boel getaxeerd heeft.' Ze merkte zelf dat ze zich veel teveel opwond over iets wat haar helemaal niets aanging.

'Ik zal het hem eens vragen.'

'Interesseert het je echt zo weinig?' Ze bedacht dat ze zich het huis niet zou kunnen veroorloven, wat hij er ook voor zou vragen. Nog niet. Als ze over een poos die promotie tot *Event Director* zou krijgen dan zou het haar misschien over een paar jaar lukken.

'Ja.' Hij slikte een keer, raakte haar gezicht aan en keek in haar ogen. Meteen was ze het huis vergeten en de teleurstelling die ze had gevoeld omdat hij het wilde verkopen. 'En op dit moment heb ik veel meer belangstelling voor andere dingen,' fluisterde hij. 'En die andere dingen hebben alleen maar met jou te maken.' Bij zijn woorden sloeg haar hart weer op hol en ze liet haar armen om zijn hals glijden. 'Volgens mij heb ik nog één kamer niet gezien,' zei ze met lichte trillende stem voor ze hem kuste.

'Je hebt nog twee kamers niet gezien,' sprak hij tegen haar lippen, terwijl ze voelde hoe hij zijn vingers door haar haren langs haar rug liet glijden.

Ook haar handen waren een eigen leven gaan leiden en ze merkte dat ze nog meer naar hem verlangde dan eerder in de garage. Ze had het voor elkaar gekregen zijn overhemd uit de band van zijn spijkerbroek te trekken en het was heerlijk zijn blote huid te kunnen aanraken. Het was nog heerlijker dat hij de rits van haar jurk naar beneden trok en de sluiting van haar bh opende. Iedere keer als zijn vingers haar huid raakten, dacht ze meer te smelten.

'Van die twee denk ik dat er maar een belangrijk is. Waar is je slaapkamer?' Ze voelde hoe haar jurk en bh aan haar voeten vielen en ongeduldig trok ze zijn overhemd van zijn schouders.

'Eva, ik denk dat we straks nog tijd genoeg hebben om mijn

slaapkamer te zien,' hoorde ze hem fluisteren. Ze voelde haar benen tegen de bank die in het knusse zithoekje van het kantoor stond en gewillig liet ze zich er op zakken.

Zijn slaapkamer zag ze pas een hele tijd later, maar echt veel oog had ze er toen niet voor.

Hoofdstuk 4

Toen Eva de volgende ochtend wakker werd, lag Johan al naar haar te kijken. Ze verdronk meteen in zijn donkere, verlangende ogen en belandde in zijn armen. Uiteindelijk besloten ze toch op te staan. Johan beloofde haar een uitgebreid ontbijt en verdween naar de keuken.

Eva liep naar de woonkamer en een beetje verbaasd bleef ze staan toen ze de zwarte vleugel ontdekte die in een hoek stond. Bij de rondleiding de vorige avond was het instrument haar helemaal niet opgevallen, maar nu was het alsof ze ernaartoe geroepen werd en langzaam liep ze er heen. Eerst streelde ze voorzichtig het glanzende hout, het voelde zelfs een beetje warm aan. Daarna liet ze langzaam haar vingers over alle toetsen gaan zonder deze in te drukken. Ze keek naar het muziekstuk dat er stond: *Für Elise*.

Eva nam plaats op het bankje dat voor de vleugel stond en haalde een keer diep adem. Een beetje onwennig sloeg ze de eerste paar toetsen aan, daarna speelde ze het stuk, dat ze zo goed kende, in een keer door. Niet dat ze geen fouten maakte, maar ze was er zelf heel erg verbaasd over dat ze überhaupt in staat was om de noten weer zo snel te interpreteren en dat haar vingers deden wat er stond geschreven.

Nadat de laatste tonen weggeëbd waren hoorde ze Johan in zijn handen klappen en begon ze zich er langzaam weer bewust van te worden waar ze was. Opgelaten draaide ze zich naar hem om. 'Dank je,' zei ze verlegen. In haar hoofd klonk nog steeds de muziek.

'Dat heb je vast eerder gedaan.' Vol bewondering keek hij haar aan.

Ze knikte aarzelend. 'Maar dat is jaren geleden.' Haar stem klonk hees en ze moest een hardnekkige brok wegslikken.

'Echt? Je speelt alsof je het iedere dag doet.'

'Nee. Ik denk dat ik de laatste keer echt gespeeld heb toen ik negen was.' Ze probeerde de herinneringen die haar begonnen te overspoelen weg te dringen en zich op het hier en nu te concentreren.

'Wat is er gebeurd dat je niet meer speelt?' vroeg hij, waardoor dat toch weer moeilijker werd.

'Mijn ouders zijn gestorven toen ik tien werd. Ik kwam in een tehuis en daar hadden ze geen piano en er was geen geld voor lessen,' zei ze kortaf, terwijl ze de muziek op het stapeltje met andere muziek legde.

'Dat spijt me.'

'Jij kunt daar niets aan doen.' Alleen al de herinnering aan de dood van haar ouders bezorgde haar een beklemmend gevoel. Ze had nooit meer piano willen spelen, maar nu was ze echt alles om zich heen vergeten achter het prachtige instrument en had ze zich helemaal in de muziek verloren. Net als vroeger. Ze had niet verwacht dat ze dat nog zou kunnen en dat het ook zo goed zou voelen.

'Waarom speel je niet meer? Je zou nu toch weer kunnen beginnen?' vroeg hij belangstellend, duidelijk niet op de hoogte van de chaos in haar hoofd.

'Mijn flatje is niet groot genoeg voor een vleugel of zelfs een piano en ik heb geen tijd om te spelen.' Ze haalde haar schouders weer op en hoopte dat ze inderdaad zo onverschillig leek als ze wilde overkomen. 'Ik was ook een beetje vergeten hoe graag ik het altijd gedaan heb. Dat is niet erg,' besloot ze. Het werd hoog tijd dat ze van onderwerp veranderden. 'Kun jij spelen?'

'De eerste twee regels van *Für Elise* kom ik met moeite door. Daar ben ik tenminste ooit eens aan begonnen. Ik wist niet eens dat er nog zoveel achteraan kwam.' Hij ging naast haar op het bankje zitten en pakte haar hand vast. 'Ik ben ooit van plan geweest om het te leren, maar door tijdgebrek kwam er niets van. Misschien dat ik binnenkort weer lessen kan gaan nemen. Het is anders nogal zonde van het instrument. Het verbaast me dat het nog niet vals is.'

'Hij zou een beetje bij gestemd kunnen worden. Die A hier is wat aan de lage kant.' Ze drukte op de A en vergeleek hem met een andere A. 'Er zijn nog een paar kleinigheidjes.'

'Dat kun je zo horen?'

'Ja.' Hierover was ze zelf ook verbaasd. 'Het is ook maar minimaal hoor.' Pianospelen was iets dat ze in een heel ander leven had gedaan. Als kind was muziek, en in het bijzonder de piano, haar lust en haar leven geweest.

'Ik was een muzikaal wonderkind,' gaf ze toe nadat ze een diepe zucht had geslaakt. Het was voor het eerst in haar leven dat ze dat aan iemand vertelde. Zelfs op school met muziekles had ze er goed op gelet dat haar leraren dat niet zouden ontdekken. De muzieklessen op de scholen hadden nooit veel voorgesteld, dus echt moeilijk was dat niet geweest.

'Een muzikaal wonderkind. Dat geloof ik meteen. Ik heb nooit eerder iemand zo enthousiast en hartstochtelijk horen spelen.' Hij drukte een kus op haar hand. 'Je bent dan natuurlijk ook een hartstochtelijke vrouw.'

Ze lachte even. Het zou een absurde veronderstelling zijn geweest dat ze hartstochtelijk was, als zijn aanrakingen er niet voor hadden gezorgd dat haar hart sneller begon te kloppen en ze alweer naar hem verlangde. 'Er is nooit eerder iemand geweest die me hartstochtelijk vond.'

'Dat betekent alleen maar dat er niemand is die jou goed kent, die jou echt door en door kent.'

'En jij kent mij door en door?' vroeg ze, haar stem trilde, omdat ze dacht dat ze het antwoord wist.

'Ik ben een heel eind op weg dat te gaan doen, denk ik. Ik wil je in ieder geval graag door en door leren kennen.'

Hoofdstuk 5

'Was je ooit getrouwd? Heb je kinderen?' Eva was zich ervan bewust geworden dat ze erg weinig van Johan wist. Heel weinig over hem persoonlijk dan, tot voor dit weekend hadden ze bijna alleen over zaken gesproken. Het was haar tot dan toe niet eerder opgevallen en ze dacht niet dat het iets zou uitmaken voor wat ze voor hem voelde. Maar nu ze zo knus in zijn armen zat, werd ze nieuwsgierig naar de man achter de zakenman, de man achter de minnaar.

Hij scheen haar vragen niet vervelend te vinden en antwoordde zonder te aarzelen. 'Ik was één keer getrouwd, maar ben nu een jaar of zes gescheiden. Ik denk dat ik met jou inmiddels meer tijd heb doorgebracht dan met mijn ex-vrouw in die twee jaar dat we getrouwd waren. Ik heb geen kinderen.'

'Heb je daar spijt van? Dat je geen kinderen hebt, bedoel ik.' Ze dacht dat ze een kleine verandering in zijn stem had gehoord.

Hij haalde zijn schouders op. 'Daar is toch niet meer zoveel aan te doen.'

'Hoezo dat?'

'Het is nogal vleiend dat het voor jou niet zo duidelijk is...' hij glimlachte en drukte een kus in haar haren, '... maar ik geloof niet dat het verstandig is dat ik nog vader word, daarvoor denk ik dat ik inmiddels al een beetje te oud ben.'

'Er zijn meer mannen die op latere leeftijd nog vader worden,' ging ze hierop in. 'Stuart, mijn baas, is een paar maanden geleden voor het eerst vader geworden. Hij is vijftig. We hebben op kantoor helemaal niets aan hem sinds Michel er is. Hij denkt alleen nog aan zijn kleine familie.' Wat haar eigenlijk meer vertederde dan dat het haar stoorde. Zelfs al had ze duidelijk nog meer werk sinds de baby was geboren.

'Ik wil ook niet zeggen dat er met oudere vaders iets mis is, of dat het helemaal tot de onmogelijkheden zou behoren, maar,' hij trok haar dichter naar zich toe, 'voor een kind is er ook een moeder nodig en tenzij jij je spontaan als vrijwilligster meldt, denk ik dat dat een probleempje zou kunnen zijn en het er dus niet naar uitziet dat ik binnenkort vader word.'

'O,' reageerde ze een beetje opgelaten. Ze had er een beetje spijt van dat ze erop door was gegaan, hoewel ze zich niet meteen als vrijwilligster zou melden, stond het idee dat hij een andere vrouw als moeder van zijn kind zou nemen, haar helemaal niet aan. Wat natuurlijk weer belachelijk was: zij wilde geen man, geen kinderen, dus zou hij moeten kunnen doen waar hij zin in had zonder dat zij zich daaraan zou storen. Ze hadden niets met elkaar: alleen dit weekend.

Hij glimlachte toen hij haar verwarring zag, daarna kuste hij haar zodat ze het onderwerp al snel weer vergat.

Voor het eerst in haar leven had Eva niet erg veel zin om aan maandag te denken, had ze er zelfs amper tijd voor gehad. Het was ook voor het eerst dat ze hoopte dat een weekend eeuwig zou blijven duren en het zelfs helemaal nooit meer maandag zou worden. Het was ook voor het eerst dat ze in het weekend niets voorbereidde voor de volgende week en hoewel ze zich af en toe een beetje zorgen maakte over wat er zou gebeuren, kon ze zich er echt niet toe zetten om Johans gezelschap te verlaten en naar het kantoor te gaan om te werken. Het hele weekend zag ze haar computer niet van dichtbij. Zondagavond om halftwaalf kon ze zich er pas toe dwingen haar spullen in te pakken en naar huis te gaan.

Johan bracht haar naar haar flat en onderweg spraken ze geen woord. Eva voelde zich erg ongemakkelijk, ze zag tegen het afscheid op en besloot meteen uit te stappen en de flat binnen te gaan als de auto stil stond. Toen de motor stilviel bleef ze echter zitten waar ze zat.

Johan pakte haar hand vast. 'Zie ik je vrijdag?'

'Ja, als je naar de fitnessstudio komt wel.' Ze knikte en klonk rustiger dan ze zich voelde. Zijn vraag maakte haar op een vreemde manier blij maar ze zou gewoon doorgaan met haar leven zoals het voor dit weekend was geweest. Er was niets veranderd, behalve dat ze misschien toch een klein beetje verliefd op Johan was geworden. Waarschijnlijk ging dat net zo snel over als het was begonnen. Ze had geen tijd om verliefd te zijn. Ze had geen tijd voor een relatie. Dit weekend met hem was gewoon een heerlijke afwisseling van haar normale, misschien toch wat saaie, leven geweest. Het was onmogelijk dat het verder zou gaan, of meer zou betekenen. Daarom zou ze vrijdag weer een uurtje gaan fitnessen en dan zou ze Johan misschien weer zien. Zonder enige bijbedoeling, zonder dat ze meer van hem wilde.

Hoofdstuk 6

Het was een goed voornemen geweest om niet meer aan Johan en het afgelopen weekend te denken, alleen lukte het Eva niet erg. Ze verlangde enorm naar vrijdag. Hoewel ze het niet erg vond om naar aerobic te gaan, betekende het niet meer dan een uurtje broodnodige beweging. Haar vriendin, Minh, had het voor het hele jaar in haar agenda geschreven en alleen omdat het daarin stond, ging ze. Anders zou ze er nooit aan denken. Goed, het gebeurde nogal eens dat ze het toch schrapte omdat haar werk altijd voor ging, maar deze week niet. Natuurlijk had dat alleen maar met een mogelijke ontmoeting met Johan te maken. Bijna iedere minuut had ze aan hem gedacht en ze had zich nooit eerder zo alleen gevoeld als de afgelopen week.

Als ze er goed over nadacht, was het toch niet zo goed geweest om met hem mee te gaan en was haar mening over verliefd zijn altijd juist geweest. Het leidde af van dingen die wél belangrijk waren.

Toch was het vorige weekend het heerlijkste weekend geweest dat ze ooit had beleefd en ze was gierig geworden naar meer.

Zodra ze de parkeerplaats van de fitnessstudio opreed viel haar oog op de zilverkleurige Mercedes cabriolet van Johan. De luxe auto viel natuurlijk nogal op tussen de boodschappen-golfjes en -fordjes die er hoofdzakelijk geparkeerd stonden. Direct schoot haar de herinnering aan de eerste keer dat ze zich helemaal aan hem had gegeven in gedachten en ze was blij dat ze niet van opwinding tegen een andere auto aanreed. Gelukkig had ze zichzelf weer snel in de hand en reed ze naar de auto toe. Ze zette haar spiksplinternieuwe Mazda ernaast en stapte uit.

Wat auto's betrof hadden ze beiden een prima smaak, vond ze grinnikend. Vrolijker dan ze normaal was op vrijdagavond liep ze direct door naar de bar. Hoewel het natuurlijk best mogelijk was dat Johan tennis speelde of conditietraining deed, ging ze eerst in de bar kijken voor ze zich eventueel zou omkleden voor het aerobic.

Het was in ieder geval niet slecht bedacht: hij was daar inderdaad en zat aan hetzelfde tafeltje waaraan ze de vorige week samen hadden gezeten. Hij ontdekte haar meteen en zag eruit alsof hij op haar had gewacht. Zijn ogen begonnen te stralen toen hij naar haar keek en bijna als vanzelf begon ze in zijn richting te lopen. Nu week ze toch wat nerveus van haar gewone patroon af: omkleden, een fles water halen, naar aerobic, nog een glas cola drinken, naar huis om het een en ander voor de volgende werkdag voor te bereiden. Ze ging naast hem zitten.

'Hallo, Eva.' Johan raakte haar niet aan en ze wist niet of ze daar blij of teleurgesteld om moest zijn.

'Hallo.' Ze glimlachte naar hem, haar hart ging inmiddels als een wilde tekeer en eigenlijk wist ze zich met haar houding geen raad. Ze was ervan overtuigd dat ze vuurrood was, maar daar was nu weinig aan te doen. Ze had een ander probleem: wat deden mensen die een heerlijk weekend met elkaar hadden doorgebracht en niet precies wisten wat dat te betekenen had?

Zou ze hem ter begroeting kussen? Zou ze dicht tegen hem aan gaan zitten, zodat hij zijn arm om haar heen kon slaan? Zou ze hem vragen of hij meteen met haar mee naar huis ging? Het liefst wilde ze met hem alleen zijn, om weer de rest van de wereld te vergeten.

'Wil je iets drinken?' vroeg hij op zachte toon aan haar en ze stelde vast dat zijn stem een klein beetje hees was.

Ze besloot niet naar aerobic te gaan. 'Ja, doe maar een glas sekt.'

Hij glimlachte en stond op om de drankjes te halen. Het viel haar op dat hij ook geen sportkleding droeg. De hele tijd keek ze naar hem. Nu ze hem weer zag wist ze zeker dat vorig weekend echt was geweest en niet een of andere romantische droom.

Toen hij terugkwam, ging hij dichter bij haar zitten dan zij bij hem had gedaan en ze kreeg het opnieuw erg warm toen zijn dijbeen het hare raakte.

Hij had een hele fles sekt gehaald en schonk twee glazen vol.

'Op...' Hij aarzelde een moment.

'Ons,' maakte ze voor hem af, terwijl ze zich afvroeg waarom ze dat zo zei. Het betekende dat ze dacht dat ze meer dan alleen een weekendje samen hadden, dat ze dat verwachtte. Misschien liep ze toch te hard van stapel.

Johan glimlachte echter en leek zelfs opgelucht.

'Op ons,' herhaalde hij haar woorden zacht, terwijl hij zijn glas naar het hare bracht, haar diep in haar ogen kijkend. Nadat ze beiden een slok van hun sekt hadden gedronken, boog Eva zich dichter naar hem toe om hem een kus op zijn lippen te geven. Na de tijd die ze samen hadden doorgebracht was dat toch wel het minste. Het liefst had ze zich in zijn armen gestort, maar bedenkend waar ze waren besloot ze dat niet te doen. Bang als ze was om alles om zich heen te vergeten.

'Ik heb de hele week aan je moeten denken,' zei hij terwijl hij met zijn hand door haar haren streek. Voor de gelegenheid had ze ze losgemaakt, nadat ze uit haar werk was gekomen. Meteen had ze zich veel vrouwelijker gevoeld.

'Dan heb je ook een niet erg productieve week achter de rug.'

Zijn vingers gleden van haar schouders naar haar hand en haar huid kriebelde waar hij haar aanraakte. Ze dacht alleen nog maar te bestaan op die plekjes.

'Betekent dat, dat je ook een enkele keer aan mij hebt moeten denken?' Hij glimlachte alsof hij het antwoord wel wist.

'Ga je niet naar aerobic?'

Eva schrok behoorlijk toen Minh, haar beste vriendin, naast haar kwam zitten en haar even een duwtje gaf. Ze was zo opgegaan in wat Johan met haar deed, dat ze haar niet had zien of horen aankomen. Vermoedelijk zou naast hen een bom hebben kunnen ontploffen en ze zou het niet hebben gemerkt.

Ze voelde zich nogal betrapt en draaide zich schuldbewust naar Minh om.

'Nee, ik denk het niet,' wist ze, nadat ze haar keel had geschraapt, uit te brengen. 'Ik heb daar niet zoveel zin in vandaag.' Ze haalde haar schouders op, alsof er niets aan de hand was en nam een slok van haar sekt, in de hoop haar normale, koele houding terug te vinden.

'O.' Er verscheen een glimlach op het gezicht van Minh. 'Nou ja, ze beginnen over een paar minuten. Ik kwam je alleen maar even waarschuwen.' Haar vriendin grijnsde en keek daarna van Johan naar haar, naar Johans hand in de hare. 'Ik zal jullie niet verder storen. Ik ga toch maar wel meedoen.' Minh stond op en na een 'Ik bel je nog wel,' verdween ze de bistro uit.

'Zullen we gaan?' vroeg Johan. Minh was al uit het zicht verdwenen en Eva richtte weer al haar aandacht op hem. 'Ik ben bang dat het een beetje uit de hand gaat lopen als we hier blijven.' Hij streelde haar wang en drukte een kus op haar lippen. Eva had de kus willen beantwoorden, maar hij trok zich al weer terug. 'We gaan.'

'En? Wat heb je deze week allemaal gedaan, behalve aan mij denken? Ben je op zoek geweest naar een ander huis? Heb je je huis verkocht?'

Nadat ze hun eerste verlangen hadden gestild, waren ze naar de keuken gegaan om iets te eten te maken en nu zaten ze dicht bij elkaar te genieten van een pasta-salade.

Johan glimlachte na al de vragen die ze hem had gesteld en voerde haar een hapje salade voor hij antwoordde.

'Nee. Het is een moeilijke tijd om een huis in deze prijsklasse te verkopen.' Hij haalde zijn schouders op. 'Dat geeft niets, misschien hou ik het wel. Sinds vorige week voel ik me hier een stuk beter thuis. Wel heb ik het restaurant verpacht en het grootste deel van mijn aandelen in het reclamebureau verkocht.'

'Wat?' riep ze geschokt uit.

'Ik heb tachtig procent van mijn aandelen verkocht in het reclamebureau. Ik ben geen baas meer van het bedrijf. Ik heb daarover niets meer te zeggen. Ik ben er uitgestapt,' antwoordde hij een stuk rustiger dan zij was.

'Johan?' Ze staarde hem aan. Hij had geklonken alsof het de normaalste zaak van de wereld was. 'Ben je gek geworden? Je kunt toch niet alles op het spel zetten?'

'Wat valt er op het spel te zetten? Het is me allemaal te veel geworden de laatste tijd en het werd tijd dat ik daar iets aan ging doen. Ik heb de computers nog en daarin kan ik nu meer tijd steken. Er was al een poosje iemand die het restaurant van me wilde overnemen en ik heb het hem verpacht. Hij heeft er meer tijd voor en zin in dan ik. Ik heb geld zat.' Hij haalde zijn schouders op. 'Daarvoor hoef ik me niet te pletter te werken. Eva, ik heb alles bereikt wat ik heb willen bereiken, maar mijn leven is aan mijn neus voorbijgegaan. Ik heb alleen maar aan werken gedacht. Het enige spannende wat ik beleefd heb, is het krijgen van een maagzweer en een bijna hartaanval. Ik ga nu eindelijk maar eens aan mijn leven beginnen.'

Hoewel ze nog steeds behoorlijk geschokt was, grijnsde ze na zijn woorden. 'Met een vriendin die twintig jaar jonger is dan jij?'

'Ik denk dat ik dat maar op de koop toe neem.' Hij schonk haar een jongensachtige grijns terug waardoor ze knikkende knieën kreeg.

'Er bestaat een naam voor waar jij last van hebt, dat heet: *midlifecrisis*.' Ze liet zich door hem in zijn armen trekken, terwijl ze hem lachend aankeek.

'Het interesseert me niet hoe het heet.' Hij stopte haar lachen met een onstuimige kus. 'Als je maar niet weggaat.'

Weggaan was wel het laatste waar ze aan dacht.

Hoofdstuk 7

De bel ging en verrast ging Eva opendoen. Ze kreeg niet vaak bezoek en om deze tijd verwachtte ze ook geen postpakketjes meer. Misschien was het Johan, hield hij het ook maar moeilijk zonder haar uit. Haar zin om de deur open te gaan doen, ging met sprongen vooruit. Na een korte inspectie in de spiegel – het kon ermee door – haastte ze zich naar de deur.

'Hallo, Eva.'

'Hoi, Minh.' Verbaasd staarde Eva haar vriendin aan, toch een beetje teleurgesteld dat ze niet oog in oog met Johan stond. Gelukkig was die teleurstelling snel weer weg. Het was lang geleden dat ze zo plotseling voor haar neus had gestaan, ze zagen elkaar de laatste tijd alleen maar in de fitnessstudio. Als zij al ging natuurlijk.

Minh grijnsde breed en haar donkere ogen fonkelden vrolijk mee.

'Je bent toch nog thuisgekomen. Ik heb het hele weekend geprobeerd je te bereiken. Je had zelfs je mobieltje uitgeschakeld.'

'O, ja ik eh... ik was er niet.' Ze kleurde bij de gedachte dat ze bij Johan was geweest en niet gestoord had willen worden, door wie dan ook. Ze had de pincode van haar mobieltje moeten opzoeken toen ze het weer in wilde schakelen. Het was de eerste keer geweest dat ze het ding uit had gehad.

Minh liep haar voorbij naar binnen en liet zich niet wegjagen door het afstandelijke gezicht dat Eva trok. Dat had ze ook niet verwacht. Minh was een echte vriendin.

Alle twee hadden ze in het kindertehuis gewoond en Minh was de enige vriendin die ze destijds en nu nog altijd had. Wat meer aan Minh dan aan haar te danken was, omdat Minh vaker contact met haar zocht dan andersom. Zoals ook deze keer. Het werk dat ze die avond had willen doen, zou vermoedelijk blijven liggen. Het was verrassend dat ze zich daar niet eens zo erg aan stoorde en ze ging ook naar de woonkamer.

'Ik heb me vaak afgevraagd of je weleens iets anders doet dan werken, werken, werken en af en toe eens een uurtje fitnessen – omdat ik dat toevallig in je agenda heb geschreven. Blijkbaar is dat wel het geval.' Minh was op de bank gaan zitten en nam haar onderzoekend op. 'Ik geloof niet dat je dit hele weekend op kantoor hebt gezeten.'

'Niet?' Het was niet vreemd dat ze een weekend op kantoor zat, of nog ergens iets te regelen had. Dat kwam zelfs erg vaak voor. Het schoot haar te binnen dat Minh vermoedelijk een en een bij elkaar had opgeteld: ze had haar met Johan in de fitnessstudio gezien.

'Nee, ten eerste heb ik geprobeerd je daar ook te bellen en ten tweede kleur je alweer.' Minh lachte hardop. 'Een beetje kleur staat je goed, je bent anders veel te bleek.'

'Wat is er zo belangrijk dat je zoveel moeite hebt gedaan om me te bereiken? Je had iets op mijn antwoordapparaat kunnen inspreken of een sms of e-mail kunnen sturen.' Ze hoopte dat ze snel haar normale kleur weer terugkreeg en het niet meer zo warm zou hebben.

'Niets. Ik was gewoon nieuwsgierig naar jou en Johan Heller.'

Minh was altijd nieuwsgierig en eigenlijk wilde Eva nog even niet over Johan praten. Het was allemaal nogal nieuw voor haar en ze had er zelf helemaal geen idee van wat er aan de hand was.

'Wil je iets drinken?' veranderde ze daarom van onderwerp.

'Ja, graag.' Minh liet zich dieper in de bank zakken, ten teken dat ze in ieder geval niet van plan was om weg te gaan voor ze alles wist over Johan en haar.

Eva liep naar de keuken en schonk twee glazen cola in. Intussen stond ze zich af te vragen of ze Minh zou vertellen dat ze het weekend met Johan had doorgebracht als ze daar naar zou vragen.

Natuurlijk ging ze dat doen, ze was speciaal gekomen om haar uit te horen. Eigenlijk vond ze dat het haar vriendin niets aanging, aan de andere kant had ze niets verkeerd gedaan en kon ze er natuurlijk ook niet helemaal niets over zeggen.

'Je ziet er verliefd uit,' stelde Minh vast, nadat ze de limonade op tafel had gezet en tegenover haar was gaan zitten. Haar vriendin had haar, voor ze de vraag had gesteld een poosje goed bekeken.

'Onzin, ik zie er niet anders uit dan anders,' wierp ze nogal heftig tegen terwijl ze een grote slok van haar cola nam en naar haar sigaretten greep. Eigenlijk voelde ze zich anders dan anders, misschien had Minh gelijk en zag ze er ook anders uit. Zag ze er verliefd uit.

'O, jawel. Je bloost voortdurend, ook stralen je ogen. Je ziet er niet meer zo moe uit en ik weet zeker dat dat iets te maken heeft met Johan. Jullie zaten hand in hand in de bar. Ik heb je nog nooit eerder zo dicht bij een man zien zitten.' Minh grinnikte. 'Zie je, nu word je weer rood.'

Minh had er duidelijk lol in om haar in verlegenheid te brengen.

'Oké, oké, ik eh... ik heb het afgelopen weekend met Johan doorgebracht,' gaf ze opgelaten toe, terwijl ze nog een slok nam, in de hoop daar misschien iets van af te koelen. Het hielp niet echt.

'Die man moet wel heel wat kwaliteiten hebben, om jou je mobieltje uit te laten schakelen en je een heel weekend van je werk af te kunnen houden,' ging Minh zelfs verder.

'Zo moeilijk is dat niet, jij houdt me nu ook van mijn werk af.' Ze wees naar het bureau, waar de screensaver van haar computer alle kleuren van de regenboog tevoorschijn toverde.

'Het is bijna halftien en dinsdagavond, niemand werkt meer om deze tijd. Bovendien ben ik je vriendin.'

'Toch gaat het je niets aan wat ik met mijn leven doe,' protesteerde ze nog steeds.

'Nou hop, vertel,' drong Minh verder aan, zonder zich iets van de toch niet al te vriendelijke opmerking aan te trekken.

Eva zuchtte diep en gaf het op. 'Ik vind Johan wel erg leuk. Het weekend was heel speciaal, misschien ben ik zelfs een klein beetje verliefd op hem.'

'Een klein beetje verliefd. Ja ja.' Minh grijnsde breed. 'Was het nou echt zo moeilijk om dat te bekennen?'

Eva glimlachte terug, het voelde eigenlijk wel lekker om haar vriendin van haar gevoelens te vertellen. Voor het eerst kon ze een beetje begrijpen waarom Minh haar altijd zo enthousiast over het begin van haar relatie met Nico had verteld, tot in de details. Nou ja, zo ver zou ze niet gaan, die details gingen haar echt helemaal niets aan. 'Nee, dat niet, het is alleen allemaal zo nieuw voor me. Ik had niet verwacht dat me zoiets zou gebeuren. Als ik bij Johan ben, denk ik haast niet aan werken.'

'Haast niet?' Quasi geschokt staarde Minh haar aan.

'Ik denk heel af en toe aan wat ik allemaal nog moet doen en doe het dan toch niet.' Ze haalde haar schouders op, daar voelde ze zich wel een beetje schuldig over.

'Dat klinkt goed,' vond Minh echter. 'Hoelang hebben jullie al een relatie?'

'We hebben geen relatie,' protesteerde ze automatisch. Zo had ze het tenminste nog niet willen noemen. Dat klonk zo definitief.

'O nee? Er heerst al wekenlang vuurwerk tussen jullie, denk niet dat ik dat niet al eerder heb gemerkt en dan betrap ik jullie flik-flooiend in de studio. Je zat aan de wijn, je had je haar los en was helemaal niet van plan om naar aerobic te gaan. Ook bevestig je mijn vermoeden dat jullie het hele weekend met elkaar hebben doorgebracht.' Op haar vingers telde Minh de punten die ze opsomde. 'Je had zelfs je telefoon uitgeschakeld. Eva, volgens mij is dat een relatie. Hoelang is dat al aan de gang?'

'Twee weken. We zijn twee weekenden samen geweest.' Vuurwerk. Dat was het wat er tussen hen was, vuurwerk was de beste omschrijving voor wat ze voelde, bovendien was dat iets tijdelijks. Met die omschrijving zou ze misschien kunnen leven. Een poosje.

'Dan heb je een relatie met hem,' zei Minh.

Eva zuchtte diep. 'Misschien heb je gelijk,' zei ze meer om Minh op te laten houden met haar opsomming, dan dat ze het helemaal met haar eens was. 'Wat vind je van hem?' wilde ze toen tot haar eigen verbazing weten.

'Hij lijkt me erg aardig,' vond Minh. 'Misschien een beetje saai...'

'Hij is niet saai,' viel ze Minh meteen in de reden. Hij was weliswaar vrij rustig, maar ze moest toegeven dat hij hele spontane invallen had gehad toen ze bij hem was geweest. Vooral als ze geen kleren droegen. Daar moest ze niet aan denken als ze bezoek had. Maar alsof Minh precies wist waaraan ze had gedacht, ging ze nog veel breder grijnzen en als het mogelijk was geweest, was Eva nog roder geworden.

'Jij bent ook niet zo saai als soms wordt gedacht, dus ik geloof je meteen. Voor mijn smaak is hij een beetje aan de oude kant, maar eerlijk gezegd vind ik hem bij je passen.' Minh keek haar aan en het was duidelijk dat ze haar woorden meende.

'Echt?' Automatisch glimlachte Eva. Oud vond ze hem helemaal niet en ze vroeg zich af waarom het haar zo goed deed dat Minh vond dat Johan bij haar paste.

'Ja, en hij is duidelijk ook erg gek op jou. Hij zou weleens kunnen zijn wat je nodig hebt.'

'En dat is?' Het was gek dat Minh dacht dat ze iemand nodig had, juist zij wist als geen ander dat ze uitstekend in staat was om zich alleen te redden.

'Iemand die een beetje oppast dat je niet te veel werkt, iemand die een beetje voor je zorgt...'

'Dan heb ik waarschijnlijk niet de juiste man. Hij is net zo'n workaholic als ik ben,' onderbrak ze haar vriendin snel.

'Je kunt mij niet wijsmaken dat jullie in die twee weekenden die jullie samen hebben doorgebracht, jullie bureaus tegen elkaar hebben geschoven en tegenover elkaar hebben zitten werken. Elkaar af en toe eens verliefd aankijkend en dan snel weer verder. "Zeg schat, weet jij misschien hoeveel van dit en hoeveel van dat ik nodig heb om nog meer geld bij elkaar te krijgen?"'

'Nee, dat hebben we niet gedaan.' Ze kleurde weer bij de gedachte aan wat ze wel gedaan hadden in het kantoor, dit keer op het bureau en ze moest een keer slikken voor ze verder kon praten.

'Johan heeft een aantal van zijn bedrijven verkocht, hij werkt niet meer zo veel.'

'Nog beter, dan heeft hij tijd voor jou.' Minh leek hoe langer hoe enthousiaster te worden.

'Maar ik heb geen tijd voor hem,' zei ze stug.

'Onzin! Natuurlijk heb je tijd voor hem. Je kunt tijd voor hem maken. Er is nu ook al ruim een halfuur voorbij en je computer wacht nog steeds geduldig op je. Je baas heeft je ook nog niet gebeld dat je onmiddellijk aan het werk moet. De wereld vergaat echt niet als je een paar uur minder werkt in je vrije tijd.' Minh lachte en veranderde snel van onderwerp. 'Wanneer zie je hem weer?'

'Komend weekend. We gaan naar een of andere chique party.' Ze haalde haar schouders op. Tot dan toe had ze er weinig aan gedacht, omdat ze veel werk in te halen had gehad. Ook had ze er niet aan willen denken dat een derde weekend met hem samen al best veel werd. Bovendien werd het doordat ze samen ergens heen gingen ook nog eens officieel.

'Wauw.' Was Minhs reactie op de uitdrukking "chique party".

'Zo "wauw" vind ik dat niet, eigenlijk heb ik nog veel te regelen voor een countryfeest binnenkort en liggen er nog een aantal aanvragen die ik moet behandelen. Ik word helemaal niet goed van Harald, hij voert helemaal niets meer uit tegenwoordig,' schold ze op haar collega. 'Bovendien heeft Johan me gezegd dat het er allemaal nogal chic aan toegaat en ik weet niet of ik daar wel zin in heb. Ik ken daar ook niemand.'

'Nou en? Dan leer je toch mensen kennen. Het is best leuk, hoor, om mensen te leren kennen die niets met je werk te maken hebben. Wat ga je aantrekken? Koop je iets nieuws?'

Ze haalde haar schouders weer op. 'Ik weet het nog niet.' Eerlijk gezegd had ze daar nog geen moment over nagedacht. Echt typisch voor haar. Ze plande alles voor iedereen tot in de kleinste details maar als het om haarzelf ging, was ze net een kip zonder kop. Zeker de laatste tijd.

'Ik merk het wel. Ik ben precies op tijd hier. Zonder mij zou je zaterdagavond pas invallen dat je nog iets aan moet trekken als je naar die party gaat. Laten we dan maar eens kijken wat je in je kast hebt hangen.'

Hoofdstuk 8

Minh stond op en liep meteen naar Eva's slaapkamer en er zat niet veel anders op, dan achter haar aan te gaan en toe te kijken hoe Minh haar kast met kleding doorzocht. De uitdrukking op haar gezicht werd steeds vertwijfelder en inmiddels begon Eva zich ook al af te vragen wat ze zaterdag in vredesnaam zou kunnen aantrekken.

'Volgens mij is het meest exotische wat jij in je kast hebt hangen die afgeknipte spijkerbroek. Je hebt alleen maar van die stijve mantelpakjes,' zei Minh somber.

'Ik heb nog wel een paar spijkerbroeken.' Ze opende een andere deur.

'Twee.' Minh pakte er één uit de kast. 'Het prijskaartje zit er zelfs nog aan.' Verbijsterd staarde ze ernaar.

'Daar kan ik jaren mee doen,' verdedigde ze de ongelooflijk dure broek die ze ooit eens in een opwelling had gekocht.

'Zeker als je hem in de kast laat liggen.' Minh legde hem terug op het stapeltje en keek niet eens naar de andere.

'Ik heb ook nog een paar hele mooie jurken.' Eva trok een andere kast open. Ze droeg graag jurken, veel liever dan spijkerbroeken. Minh bekeek ze stuk voor stuk. 'Ja ja, ze zijn best mooi, maar te gewoontjes voor een chic feest. Die kun je inderdaad naar kantoor aantrekken.' Ze richtte haar aandacht weer op Eva. 'Nee, het is wel duidelijk, je bent nog helemaal niets veranderd. Er is niets mis mee, hoor, als je eens iets voor jezelf wilt.'

'Dat weet ik wel, daarom heb ik een nieuwe auto gekocht,' ging ze tegen Minhs opmerking in.

'Heb je hem gezien? Hij staat beneden voor de deur.'

'Ja, ik heb hem gezien en hij is erg sportief, maar dat is niet helemaal wat ik bedoel. Ik bedoel iets wat goed voor je is, als vrouw.'

'Ik voel me prima als vrouw in mijn nieuwe auto,' protesteerde ze voor de zoveelste keer die avond.

'Je bent de enige vrouw die ik ken, die zoveel waarde hecht aan een auto.'

'Niet iedereen neemt genoegen met een oude Fiat,' kraakte ze de, inmiddels toch al in de jaren gekomen, auto van Minh af. 'Bovendien heb ik er lang genoeg voor moeten sparen en heeft niet iedereen een sportwagen cabriolet.'

'Natuurlijk.' Minh interesseerde zich inderdaad zo weinig voor haar auto dat ze er niet eens dieper op inging. 'Toch gaat dit nu over iets anders. Over het vrouwzijn gevoel. Johan betekent toch veel voor je?'

Ze knikte aarzelend. Hij betekende meer voor haar dan goed voor haar was en dat werd steeds duidelijker.

'Je wilt toch dat hij je mooi en sexy vindt?'

'Ja.' Ze beet op haar onderlip.

'Dat is het vrouwzijn gevoel wat ik bedoel en daarom moet je heel dringend iets nieuws aanschaffen.'

'Tot nu toe heeft hij geen bezwaren gemaakt over wat ik aanheb.' Eigenlijk wist hij haar altijd het gevoel te geven dat ze mooi en sexy was. Bovendien had ze wat ze droeg, in zijn nabijheid relatief snel weer uitgedaan en ze dacht niet dat dat was omdat hij haar kleding vreselijk vond.

'Nee, natuurlijk niet, het ziet er allemaal netjes uit. Maar netjes is niet sexy en bij de manier waarop jij kijkt als je aan hem denkt, hoort niet een degelijk mantelpakje of een doodgewone jurk, daarbij hoort iets wat enorm vreselijk sexy is.'

'Enorm vreselijk sexy?' Eva barstte in een zenuwachtig lachen uit. 'En dat moet ík dan aantrekken? Je denkt dat ik me dan beter voel en niet vreselijk opgelaten?'

'O, ja.' Minh grijnsde. 'Je bent een heel erg mooie vrouw, Eva. Je hebt een lichaam waar de meeste vrouwen alleen maar van kunnen dromen. Waar de meeste mannen waarschijnlijk echt van dromen. Je verstopt je alleen veel te graag, zodat niemand het kan zien. Johan heeft het herkend en dus kun je nu ophouden met je te verstoppen.'

Even vroeg Eva zich af wat Minh die dag allemaal al had gedronken. Waarschijnlijk niets, Minh was erg spontaan terwijl zij dat helemaal niet was. Toch begon ook zij heel langzaam de lol er een beetje van in te zien. Misschien moest ze voor deze speciale gelegenheid inderdaad maar eens iets nieuws aanschaffen.

Minh werd ineens stil en stond diep na te denken, terwijl ze haar van top tot teen bekeek. Daarna haalde ze diep adem: 'Ik heb een patroon voor een fantastische jurk.' Ze bewoog haastig haar handen. 'Ga niet weg. Ik ben over een kwartiertje weer terug.'

Voor ze er echt erg in had was Minh uit haar flat verdwenen.

'O,' verzuchtte Eva terwijl ze zich op haar bed liet zakken. Er stond haar heel wat te wachten. Iets wat enorm vreselijk sexy was. Het was niets voor haar en toch was ze benieuwd naar wat er ging gebeuren. Dat was het bewijs: als mensen verliefd werden liep het uit de hand, dan gingen ze de vreemdste dingen leuk vinden.

Natuurlijk was ze helemaal niet verliefd; ze was alleen een klein beetje gek geworden van het vuurwerk.

Met een gevoel van opwinding, dat zich niet liet onderdrukken, wachtte ze op de terugkomst van haar vriendin.

In het tehuis waar ze twee dagen na haar tiende verjaardag was terechtgekomen, was ook Minh net nieuw geweest en daar waren ze, hoewel ze als dag en nacht van elkaar verschilden, vriendinnen geworden.

Minh was inmiddels een succesvol modeontwerpster en maakte al haar kleren zelf. Als ze die niet zelf ontwierp haalde ze wel patronen uit tijdschriften, of ze maakte na wat ze in een winkel had gezien, waar ze dan altijd haar eigen stempel op wist te drukken. Ze zag er altijd goed uit, soms een beetje excentriek, maar verzorgd en ze was altijd op zoek naar nieuwe ideeën. Ze werkte in een boetiek waar ze ook haar eigen creaties mocht verkopen en die ontwerpen gingen als warme broodjes over de toonbank. Het had Eva weleens verbaasd dat ze zulke goede vriendinnen waren geworden: Minh was spontaan, excentriek en vrolijk, terwijl zij altijd volgens de regels leefde en het liefst zo min mogelijk wilde opvallen. Inmiddels was ze ervan overtuigd dat ze het stereotype voorbeeld waren van de tegenstellingen die elkaar aantrokken. Minh had wel eerder iets voor haar gemaakt, maar dat had ze niet vaak gedragen, niet omdat ze het niet mooi vond, meer omdat ze niet wist wanneer ze het moest aantrekken, net als die spijkerbroeken overigens.

Binnen twintig minuten was Minh weer terug. Op de tafel in de woonkamer legde ze een hele stapel spullen neer.

'Ben je er klaar voor?' vroeg ze met een grote grijns op haar gezicht en Eva kon niets anders doen dan teruglachen en knikken.

'Ja, ik denk het wel.'

'Oké,' zei Minh en heel even leek ze een beetje opgelucht te zijn. 'Dit heb ik pas ontworpen.' Ze nam een kledingzak van tafel, terwijl ze snel verder sprak. 'Gisteren heb ik het afgemaakt. Deze is niet voor jou, ik weet niet of je hem goed past en het is ook niet helemaal jouw kleur. Het is de bedoeling dat hij morgen in de verkoop komt.' Minh ritste de zak open en haalde er voorzichtig een lange jurk uit.

Heel donker paars fluweel, was het eerste wat Eva zag. Het glansde in het licht van de lamp boven de tafel. Toen viel haar oog op het decolleté. Voor zover ze dat nu al goed kon zien, was het diep uitgesneden en liepen er smalle bandjes van de ene kant naar de andere kant van de V. Het werd bij elkaar gehouden door een enorme knoop: een soort bloem, van zilver en met een donkerpaars hart.

'Trek hem eens aan om te kijken of het model je staat.' Minh legde de zak weg en hield bij zichzelf de jurk voor. Haar was hij veel te lang.

'Nu?' Eva staarde nog steeds naar de gewaagde jurk. Ze kon zichzelf er echt niet in voorstellen.

'Ja, nu. Ik ben van plan om voor jou zo'n jurk te maken, maar ik moet weten hoe hij je staat en of hij moet worden veranderd. Als die party het komend weekend al is moet ik opschieten.' Ze hing de jurk over een stoel en liet een paar staaltjes stof zien. Het paarse fluweel zat er ook bij. 'Dit is de kleur die ik voor je in gedachte had. Antraciet.' Ze wees op een lapje donkergrijs en bewoog het in het lamplicht, zodat van kleur veranderde. 'In het juiste licht krijgt het de kleur van je ogen. Dat vindt Johan vast leuk. Hop, kleed je uit.'

Opgelaten begon Eva zich uit te kleden, netjes legde ze haar kleding op een andere stoel. In haar slip en bh keek ze kort daarna Minh aan. Het voelde onbehaaglijk om halfnaakt voor haar vriendin te staan.

'Je bent nog net zo preuts als altijd,' lachte Minh, die voor zover Eva wist helemaal geen schaamtegevoelens kende. 'Je moet ook je bh uittrekken.'

'O.' Ze slikte en deed aarzelend wat Minh had gezegd.

Minh hielp haar met het aantrekken van de jurk, daarna liepen ze naar haar slaapkamer waar een grote spiegel aan een van de kastdeuren hing.

Na een korte aarzeling keek ze toch. Ze was verbaasd dat de jurk toch nog behoorlijk wat bedekte.

De jurk zat haar iets te strak en Minh nam de maten en schreef het één en ander op. 'Hoe vind je het?'

Eva slikte een keer. 'Mooi,' zei ze aarzelend. Ze had er alleen moeite mee zichzelf zo uitdagend te zien. Een andere vrouw zou erg sexy zijn.

Minh keek naar haar op. 'Maar...'

'Dit kan ik niet dragen, het is veel te... te bloot.' Ze staarde naar de knoop van het decolleté, haar borsten puilden er bijna uit. Ook eindigde de split van de rok pas halverwege haar rechterdij.

'Het is niet te bloot, alles wat bedekt moet zijn is bedekt. Je kunt je erin bewegen, zonder dat er meer te zien is. Het is sexy, dat is iets anders. Bovendien zit dit bovenstuk je iets te strak, dat wordt bij jouw jurk wel iets minder. Johan zal niet weten wat hem overkomt als hij je zo ziet.' Minh grinnikte en Eva realiseerde zich dat ze daar best eens gelijk in kon krijgen.

'Ik zal je echt niet voor schut laten lopen.' Ze glimlachte opbeurend. Daarna trok ze het elastiek uit Eva's haren, zodat die tot halverwege haar rug kwamen te hangen. 'Draai je eens om.'

Gehoorzaam deed ze wat haar vriendin van haar verlangde, ze keek over haar schouder in de spiegel en zag dat haar rug bijna alleen door haar haren bedekt werd. Ze vroeg zich af of ze zich zo wel in het openbaar kon vertonen. Misschien zou Minh hiermee niet voor schut lopen, maar of dat ook voor haar gold?

'Als ik jou was, zou ik ook geen slip dragen.' Minh lachte hardop om haar geschokte gezicht, verdween naar de woonkamer en kwam terug met een aantal paren kousen. Ze zocht de kleur bij het staaltje antraciet uit. 'Trek deze eens aan.'

'Wat moet dat allemaal gaan kosten?' vroeg ze Minh, nadat ze zich onhandig in de kousen had gewerkt. Ze had nog niet eerder kousen aan gehad die uit zichzelf moesten blijven hangen. Meestal droeg ze panty's. Die waren weliswaar minder sexy, maar ze bleven tenminste op hun plaats zitten.

'Ga je je daar nu zorgen over maken? Je geeft meer dan tweehonderd euro uit aan een spijkerbroek die je nooit draagt,' zei Minh, terwijl ze de naad in de kousen rechttrok.

'Zo bedoelde ik het niet, ik wil gewoon weten wat het gaat kosten.'

'Je hoeft alleen maar het materiaal te betalen.'

'Minh, ik betaal gewoon wat je erin de winkel voor zou krijgen. Je weet net zo goed als ik dat het daar niet om gaat.' Minh was altijd nogal koppig als het om geld ging.

'Hoe komt het toch dat wanneer je zenuwachtig wordt of iets extravagants gaat doen, je plotseling over geld wilt praten?' Minh keek haar zuchtend aan. 'Kom op, Eva. Als je de jurk zaterdag-ochtend komt halen, stop ik er een hele dikke vette rekening bij. Maar ik wil het daar nu niet over hebben.'

'Heb je wel tijd om hem te maken? Het...'

'Eva!' klonk het als een waarschuwing.

'Oké.' Ze zuchtte. 'Het spijt me. Ik ben een beetje van slag, sinds ik Johan ken.'

'Dat is duidelijk.' Minh glimlachte alweer. 'Maar ik vind het een heel goed teken. Geniet er gewoon van. Geniet van de momenten die je met Johan doorbrengt. Ze schijnen je goed te doen. Er is helemaal niets mis mee, als je je goed voelt, als je gelukkig bent. Dat je niet altijd alleen bent.'

'Dank je.' Ze haalde een keer diep adem en besloot te doen wat Minh haar voorstelde: genieten van haar tijd met Johan.

Hoofdstuk 9

'Kan ik zo met je mee?' In de deuropening bleef Eva staan om Johans reactie af te wachten. Zelfs haar eigen hart klopte sneller dan normaal. Minh had gelijk gehad: ze had zich niet eerder zo enorm sexy gevoeld en ze was ervan overtuigd dat het zichtbaar was. Ze wist ook hoe Johan op haar reageerde als ze een doodnormale jurk aan had. Hij behandelde haar altijd alsof ze de mooiste vrouw was die hij ooit had gezien. Nu voelde ze zich zelfs zo.

De jurk paste haar perfect, bedekte alles wat bedekt moest zijn, maar liet niets aan de verbeelding over. Het fluweel voelde lekker aan en de kleur paste inderdaad bij haar ogen. Ze was ervan overtuigd dat haar kousen op hun plaats zouden blijven zitten en één avond zou ze het vast wel op haar nieuwe hooggehakte schoenen volhouden. Ze had zich opgemaakt en haar haren gedaan, helemaal anders dan anders. Minh had haar een paar tips gegeven en ze had ze allemaal opgevolgd. Ze was er verbaasd over dat het was gelukt.

Johan draaide zich naar haar toe en bleef verbaasd naar haar staan kijken.

'Eva...' Zijn stem was hees en haperde. Toen ze naar hem toeliep zag ze zijn ogen donkerder worden. 'Je ziet er schitterend uit,' zei hij op zachte toon, nadat hij een keer had geslikt.

'Je mag er zelf ook zijn.' Haar reactie op hem loog er ook niet om. Hij droeg een smoking die niet zwart was, maar heel donker grijs. Haar knieën werden week en haar ademhaling ging onregelmatig.

Johan pakte haar hand vast en drukte er een tedere kus op. Pas nadat ze een keer diep adem had gehaald, was ze ervan overtuigd dat ze de avond door zou komen.

'Als we zo gaan, is er geen twijfel meer mogelijk over wat wij samen hebben,' zei Johan, nadat hij zijn keel had geschraapt.

'Het is eerlijk gezegd niet mijn bedoeling dat daar iemand aan twijfelt.' Ze glimlachte naar hem, erg gelukkig over zijn reactie.

'Het is eerder dat ik het niet meer zie zitten om weg te gaan.' Hij streelde teder haar arm. 'Met jou thuisblijven is veel interessanter dan dat saaie feestje.'

'Misschien, maar hoe kun je beweren dat een feestje saai is als ik bij je ben?' Ze sloeg haar armen om zijn hals en drukte zich dicht tegen hem aan. 'Tot nu toe waren die feestjes saai.' Ze drukte een kus in zijn hals. 'Nu ben ík er.' Eigenlijk was ze zelf verbaasd over haar woorden en haar gedrag, maar ze moest toegeven dat het haar beviel en dat ook zíjn reactie haar wel beviel. Minh had helemaal gelijk gehad, het was heerlijk je zo sexy te voelen en ze was er blij om dat ze zo had aangedrongen.

'Nu mag ik hopen dat me die interessantere mogelijkheden niet te binnen schieten op een moment dat we in een ruimte vol met mensen zijn.' Hij klonk nog steeds een beetje hees en drukte zijn lippen op de hare voor een adembenevende kus.

Ze kon dan wel denken dat ze met hem kon spelen en hem kon uitdagen, maar uiteindelijk wilden ze beiden hetzelfde: dingen die voor zo'n feestje niet geschikt waren.

Het feestje... Met tegenzin maakte ze haar lippen van de zijne los.

'Misschien moesten we maar eens gaan.' Ze hijgde een beetje en haar stem klonk schor.

'Ja.' Abrupt liet hij haar los en hij liep naar de garderobe om hun jassen te pakken.

'Ik heb mijn jas niet nodig,' zei ze en ze drapeerde de stola die Minh ook voor haar gemaakt had, van dezelfde zachte stof als de jurk, om haar schouders. 'Ik geloof niet dat mijn jas helemaal bij mijn jurk past.' Ze grijnsde toen ze haar donkerblauwe lange kantoorjas zag. Perfect voor bij haar mantelpakjes. Bij deze jurk zou hij een ramp zijn.

'Het zal mij misschien helpen mijn aandacht bij de weg te houden.' Hij bekeek haar weer bewonderend. 'Hoewel ik eerlijk moet bekennen dat het waarschijnlijk niet veel zal helpen. Ik weet wat je eronder draagt.' Hij drukte een kus op haar wang, gooide haar jas over een stoel en bood haar zijn arm.

Ze glimlachte toen ze eraan dacht dat ze onder de jurk niets meer dan een tanga droeg. Helemaal naakt had ze het toch niet aangedurfd.

Op het moment dat ze de oprijlaan opdraaiden, begon ze toch een beetje nerveus te worden. Hoewel ze door haar baan als *Event Manager* bij een firma die feesten, partijen, beurzen en concerten organiseerde, gewend was aan groepen mensen, en feestjes, was dit heel anders. De feestjes waar ze kwam waren haar werk. Dan was ze daar om iets te doen. Moest ze inspringen als er ondanks alle grondige voorbereiding toch iets mis ging. Deze party was bij vrienden van Johan en ze was zijn twintig jaar jongere vriendin, waarvan, daar ging ze vanuit, niemand iets afwist.

Nadat Johan zijn auto had geparkeerd, pakte hij haar hand vast en drukte er een kus op. Ze keek naar hem op. Zijn bruine ogen keken haar verlangend aan en hij strekte zijn hand naar haar wang uit.

'Misschien moeten we maar maken dat we uit de auto komen,' wist ze stamelend uit te brengen.

Johan knikte langzaam. 'Laten we naar huis gaan,' zei hij echter hees. Met zijn duim streelde hij haar onderlip en haar hart begon te razen, automatisch boog ze zich naar hem toe om hem te kussen.

Ze werden gestoord toen er een auto naast die van hen parkeerde en Eva schoof snel terug naar haar eigen stoel. Ze haalde een keer diep adem en maakte aanstalten om het portier te openen. 'We zijn hier nu toch, we kunnen altijd nog eerder weggaan.'

'Je hebt gelijk.' Hij grijnsde een beetje scheef. 'Het gaat een lange avond worden.'

'Met daar achteraan een nog langere nacht,' zei ze terwijl ze uitstapte.

Hoofdstuk 10

Er waren behoorlijk wat mensen in de hal van het grote huis, dat zelfs wel wat op het huis van Johan leek. Johan knikte beleefd naar een aantal van hen, maar liep door zonder verdere aandacht aan hen te besteden. Blijkbaar had hij een doel.

In een van de drukbezette kamers draaide een vrouw zich om op het moment dat ze binnenkwamen. Zodra ze hen in het oog kreeg haastte ze zich met een stralende glimlach op haar gezicht naar Johan toe.

'Johan. Hallo, schat.' De mooie donkerblonde vrouw omarmde hem onstuimig. Daarna drukte ze een kus op zijn mond en omarmde hem opnieuw. 'Eindelijk verschijn jij eens op een van mijn feestjes. Ik had de hoop al opgegeven dat je nog zou komen.'

Alsof dat niet genoeg was, zag Eva dat Johan haar stevig vasthield. Vrijwillig. Hij leek echt erg blij te zijn om de vrouw te zien. Na een onfatsoenlijk lange tijd hield hij de vrouw een stukje bij zich vandaan en hij bekeek haar van top tot teen. Daarna drukte hij een kus op haar voorhoofd. 'Carola, je ziet er fantastisch uit.' Hij glimlachte.

'Zoals altijd.' Carola knipoogde. 'Het verbaast me dat jij hier bent en hoe jij eruitziet. Het schijnt goed met je te gaan, je straalt helemaal.' Ze streelde zijn wang, terwijl ze een stapje bij hem vandaan deed om hem van top tot teen te bekijken.

Intussen stond Eva zich vreselijk op te winden. Johan was haar vergeten te vertellen dat deze avond zo zou gaan verlopen. Hij leek haar helemaal te zijn vergeten.

Hoewel ze er niet van uitging dat ze de mooiste, opvallendste of interessantste vrouw op aarde was, had ze gedacht dat het tussen haar en Johan anders was, zeker vanavond. Ze slikte haar teleurstelling zo goed mogelijk weg. Ze was blij dat ze gewend was aan scènes van andere mensen en dat ze had geleerd heel rustig en beheerst te blijven als de dingen niet liepen als gepland. Ze zou zich niet gaan gedragen als een jaloerse echtgenote. Ze had ook geen enkel recht dat te doen; ze waren nu bij zijn vrienden en zij hoorde hier helemaal niet bij. Daar had ze eerder bij stil moeten staan, maar als ze met hem samen was, dacht ze nergens meer aan.

'Het gaat ook goed met me,' hoorde ze Johan zeggen. Ze voelde plotseling zijn arm om haar middel en hij trok haar dicht tegen zich aan.

'Lieveling,' zei hij zacht tegen haar en op het moment dat ze hem aankeek, zag ze dat ze zijn volle aandacht had. 'Ik wil je aan mij zus, Carola Jennings, voorstellen. Zij organiseert dit hier vanavond.'

'Je zus?' Ze kon de verbazing in haar woorden niet onderdrukken en keek van hem naar de vrouw. Dat ze dat niet eerder had gezien; ze hadden dezelfde ogen. Een gevoel van opluchting doorstroomde haar en ze hoopte dat die opluchting niet op haar gezicht geschreven stond.

'Ja, Carola is mijn zus, mijn tweelingzus zelfs. Wat had je dan gedacht?' Hij keek haar aan en het was aan zijn gezicht te zien dat hem plotseling inviel wat ze had gedacht. 'O.' Hij trok haar dichter naar zich toe en grijnsde. 'Dát heb je gedacht.' Hij drukte een kus op haar wang.

'Zo leuk is dat nou ook weer niet,' zei ze op zachte toon, in de hoop dat Carola niet zou merken hoe opgelaten ze zich voelde.

'Carola, dit is Eva Ros, mijn vriendin,' ging hij verder met de introductie.

Carola schudde haar een beetje aarzelend de hand. 'Dus jij bent ervoor verantwoordelijk dat hij er zo goed uitziet.' Ze glimlachte en Eva glimlachte terug. Ze had altijd gevonden dat hij er goed uitzag, maar Carola had gelijk dat hij vandaag echt een stuk was. Het was niet duidelijk of Carola het eens was met de keus van haar broer, maar wat kon ze verwachten, dat ze haar om haar hals zou vallen? Het was verbazend dat het haar niet eens zoveel kon schelen. Het interesseerde haar alleen wat Johan van haar dacht en van haar wilde. Ze keek naar hem en het was duidelijk wat hij van haar dacht en van haar wilde. Gelukkig kwam er op dat moment een ober voorbij met een blad vol met glazen champagne.

Johan pakte er twee af en reikte die aan haar en Carola, daarna pakte hij er een voor zichzelf. Ze proostten op een gezellige avond en Johan sprak even met Carola over zijn nichtje, Jeannette, die sinds kort was verloofd. Wat later ging Carola weer naar haar andere gasten.

Er kwamen nog een aantal mensen naar Johan toe en hij stelde haar aan iedereen voor als zijn vriendin. Het voelde goed om zijn vriendin te zijn.

'Waarom ga je normaal nooit naar haar feestjes?' Eva bekeek het bontgekleurde gezelschap. Iedereen was mooi gekleed. Haar jurk was weliswaar zeer uitdagend, maar niet eens de blootste en intussen voelde ze zich al een stuk prettiger. Het was nergens voor nodig geweest dat ze zich zorgen had gemaakt.

'Daar heb ik het te druk voor.'

Het klonk als een zin die zo van haar had kunnen komen en ze bedacht dat hij wel kon protesteren tegen haar werkdrang en ambities, maar het was hem tot voor kort niet zoveel anders vergaan.

'Feestjes horen toch bij het zakendoen?' Er werden feestjes gegeven voor zakenlieden die zelf ook het ene na het andere feestje afliepen. Ze organiseerde er genoeg. Ook voor het reclamebureau van Johan had het bedrijf waar zij werkte weleens iets geregeld.

'O ja, er zijn wel feestjes waar ik heen moet – waar ik heen moest – maar de feestjes die Carola geeft horen daar eigenlijk niet bij.'

Hij drukte een kusje op haar wang, ze voelde zijn lippen langs haar wang naar haar oor glijden en even beet hij zacht in haar oorlelletje.

Eva had het gevoel alsof het bliksemde in haar lichaam en ze hield haar adem in, wachtend op meer.

'Ik denk dat ik je aan haar wilde voorstellen,' ging hij verder alsof de kus helemaal niet had plaatsgevonden.

Toen bleek dat er niet meer kwam realiseerde ze zich wat hij had gezegd en verbaasd keek ze hem aan. 'Je wilde mij aan je zus voorstellen?'

'Ja.' Hij trok haar opnieuw in zijn armen. 'En nu dat gebeurd is kunnen we wel gaan.'

'Johan?' klonk er plotseling een mannenstem naast hen. 'Kan ik je spreken?'

Johan keek op en eerlijk gezegd was Eva blij met deze onderbreking, ze had weer op het punt gestaan om te vergeten waar ze waren.

'Hallo, Hans.' Johan liet haar los en schudde de man de hand.

'Eva, dit is Hans Jennings, mijn zwager.'

'Hallo.' Ze had hem de hand willen schudden, maar er kon alleen maar een kort knikje vanaf voor hij zich weer tot Johan wendde.

'Kan ik je even spreken?'

'Ja natuurlijk, zeg maar wat je op je hart hebt.'

'Alleen?'

Johan fronste zijn voorhoofd. 'Ik heb geen geheimen voor Eva.'

Hans keek haar snel aan, Johans woorden leken hem niet te bevallen. 'Toch wil ik je graag alleen spreken.'

'Dat kan ook wel.' Johan haalde zijn schouders op. 'Dan ben ik zo weer terug.' Hij glimlachte een keer verontschuldigend naar haar en liet haar met duidelijke tegenzin los. 'Tot zo dan.' Snel drukte hij een kus op haar wang.

Eva bedacht dat ze zich gedroegen als een stel tieners die voor het eerst verliefd waren. Zij kon zich in ieder geval niet herinneren dat ze zich ooit eerder in haar leven zo had gevoeld. Vandaag paste gewoon alles en zijn woorden dat hij geen geheimen voor haar had, zorgden ervoor dat ze het nog warmer kreeg.

Ze grinnikte erom en liep naar het buffet dat in een andere kamer was opgebouwd. Carola had gezegd dat ze moesten eten en drinken waar ze zin in hadden. Het was niet dat ze erg veel trek had, maar ze zou in ieder geval even gaan kijken hoe het buffet eruitzag. Toen ze naar de prachtige salades stond te kijken en het personeel dat de gasten vakkundig bediende, stelde ze vast dat ze de ingehuurde cateringfirma nog niet kende, maar dat het zeker interessant zou zijn eens nader kennis te maken met de eigenaar. Ze gebruikte voor haar klanten vaak dezelfde bedrijven, maar het zou geen kwaad kunnen af en toe eens iets anders te proberen. Ze nam een toastje met een exotische granensalade die verrassend goed smaakte en liet zich een visitekaartje van de firma geven.

Niet lang daarna zag ze dat Johan binnenkwam. Hij werd echter meteen opgehouden door een mooie, blonde vrouw die hem nogal onstuimig omarmde. Het deed haar goed om te zien dat hij deze omarming niet zo enthousiast beantwoordde als hij bij Carola had gedaan, maar toch vond ze het niet leuk om naar te kijken.

De vrouw liet hem niet meteen los en ze besloot naar hem toe te gaan. Ze was niet de enige viel haar op. Het zag ernaar uit dat hij een graag geziene gast was. Vooral de vrouwen reageerden nogal blij. Er stonden er inmiddels drie om hem heen. Vast niet ook allemaal tweelingzussen en weer stak een gevoel van jaloezie de kop op.

Toen Johan haar zag, leek hij nogal opgelucht te zijn. Ze liep rechtstreeks op hem af en hij stak zijn hand naar haar uit. Zonder haar ogen van de zijne los te maken pakte ze zijn hand en Johan trok haar naar zich toe. Hij stelde haar aan de vrouwen voor, die allemaal wat verbaasd reageerden. Eva besloot zich niet af te vragen waar dat aan kon liggen. Zíj had een heerlijke avond; vanavond was hij van haar.

Er begon een strijkorkest te spelen en Johan leidde haar naar de dansvloer. Hij hield haar dicht tegen zich aangedrukt terwijl ze dansten.

'Wat had Hans je voor geheimen te vertellen?' vroeg ze, omdat ze bang was dat ze zou vergeten waar ze was nu ze zo dicht bij elkaar waren.

Johan haalde zijn schouders op. 'Hij vroeg me of ik gek was geworden.'

'Wat?' Ze keek naar hem op en grinnikte.

'Hij en Carola dachten dat ik misschien een beetje gek was geworden, omdat ik mijn hoofd op hol heb laten brengen door jou.' Hij gaf haar een tedere kus.

'Dat klinkt bijna als een belediging voor mij.'

'Niet als een belediging van jou. Het was een beetje bedoeld als een belediging voor mij.' De muziek was afgelopen en hij nam haar met zich mee het terras op, er was daar helemaal niemand. Ze gingen een trap af, de tuin in. Al die tijd hield hij haar goed vast.

'Weet je, eigenlijk had ik er geen moment bij stilgestaan dat Carola en Hans niet blij voor me zouden zijn dat ik jou ken.' Hij hield haar staande.

'Niet?' Eerlijk gezegd had zij niet veel nagedacht over hoe ze op anderen zouden overkomen. Ze was er een beetje verbaasd over dat ze de reactie van Hans best wel grappig vond.

'Nee.' Met een serieuze blik keek hij haar aan. 'Misschien vind jij het ook wel belachelijk, maar sinds ik jou ken voel ik me heerlijk. Ik heb er nooit aan gedacht dat onze relatie misschien een beetje vreemd overkomt op anderen.'

'Vreemd misschien ook niet, eerder wat ongewoon,' gaf ze toe. Ze streelde zijn gezicht, hij keek een beetje zorgelijk en dat was ze niet van hem gewend. 'We zouden naar huis kunnen gaan en ons dan voor de rest van de wereld verstoppen.' Ze drukte een kus op zijn rechter mondhoek. 'Voor altijd.'

Hij haalde diep adem. 'Dat klinkt zalig.' Hij trok haar in zijn armen en hun lippen ontmoetten elkaar in een hartstochtelijke kus. Achteraf kon Eva zich niet herinneren hoe ze bij dat schuurtje waren gekomen, maar ze staarde Johan een beetje verdwaasd aan. Langzaam begon de realiteit tot haar door te dringen. Ze hoefden niet eens naar huis te gaan om de rest van de wereld te vergeten. Ze was alles vergeten, behalve Johan en wat ze elkaar konden laten voelen.

Hij hielp haar de jurk recht te trekken en ze was blij dat de stof niet erg kreukelde. Aan haar jurk was niet te zien wat ze hadden gedaan. Aan haar gezicht waarschijnlijk wel. Ze voelde zich warm, behoorlijk verhit en dat zou vast zichtbaar zijn.

'Als we terugkomen op het feestje weet vast iedereen wat wij gedaan hebben.' Ze keek hem aan. Ook zijn wangen waren rood en zijn ogen fonkelden.

Hij haalde zijn schouders op en legde een hand tegen haar wang. 'We gaan niet terug. Is alles goed met je?'

'Ja, natuurlijk.' Ze haalde een keer diep adem. Alleen al de herinnering aan hun heftige vrijpartij tegen de muur van de schuur maakte haar weer wankel op haar benen. Johan trok haar naar zich toe en weer belandde ze in zijn armen. Hij hield haar dicht tegen zich aangedrukt.

Zoals nu wilde ze zich altijd voelen. Geliefd en bevredigd, veilig in zijn sterke armen.

'Eva, ik...'

'Laten we naar huis gaan,' onderbrak ze hem. Ze was er bang voor dat hij zou zeggen wat ze op dat moment zelf ook dacht te voelen. Dat ze aan zichzelf durfde toe te geven dat ze verliefd op hem was geworden, wilde niet zeggen dat ze het hem kon zeggen. Dat ze eraan toe was om over haar gevoelens voor hem serieus na te denken; en dat zou ze waarschijnlijk moeten doen, als hij over de zijne zou beginnen.

Hij begreep haar, knikte glimlachend, pakte haar hand vast en leidde haar mee naar de auto, terug naar huis.

Hoofdstuk 11

'Hé, wat leuk, je bent morgen jarig. Waarom heb je daar niets van gezegd?'

Met een ruk keek Eva naar Johan op, terwijl het zweet haar uitbrak en haar hart dubbel zo snel begon te kloppen. 'Nee!'

Hij keek nog eens op het papier dat ze had moeten invullen vanwege een nieuwe autoverzekering. 'Nee?' Hij fronste zijn voorhoofd.

'Ik vier mijn verjaardag niet. Dat doe ik nooit. Die dag kun je vergeten. Het is onbelangrijk,' sprak ze sneller dan ze normaal deed. De hele dag had ze al geprobeerd er niet aan te denken, maar net als in alle voorgaande jaren kwam de gedachte steeds weer in haar op en nu wilde Johan er zelfs over praten. Ze had echt gehoopt dat hij het nu nog niet zou ontdekken.

'Je wordt vijfentwintig. Volgens mij is dat nog geen leeftijd die je maar gewoon moet overslaan.' Hij keek van het papier naar haar en het was duidelijk dat hij haar niet begreep.

'Toch vier ik mijn verjaardag niet!' riep ze uit. Snel stond ze op en ze ging naar hem toe om het papier, waar haar geboortedatum opstond, uit zijn handen te grissen. Ze verfrommelde het en gooide het in de prullenbak terwijl ze het kantoor uitliep.

'Eva?'

Ze hoorde hem geschokt roepen, maar ze pakte haar tasje en haar sleutels van het tafeltje onder de kapstok en rende naar de garage, waar haar auto stond.

Pas toen ze allang op de weg was en ze weer een klein beetje rustiger begon te worden, dacht ze na over wat er was gebeurd. Ze was weggelopen, zonder Johan een verklaring te geven, zonder hem zelfs maar te zeggen dat ze wegging. Ze bleef echter verder rijden, omdat ze niet wist wat ze met de situatie aan moest, hoe ze dit weer moest oplossen, of ze dat zelfs wilde. Na een poosje stelde ze vast dat Johan haar niet achterna was gekomen of dat hij haar nog niet had gevonden.

Wat moest ze nu?

Het was onmogelijk naar hem terug te gaan nu ze zich zo belachelijk had gedragen. Ze wilde ook niet terug. Ze wilde niet over haar verjaardag praten, dat kon ze niet en het was natuurlijk onmogelijk om geen uitleg te geven voor haar gedrag. Zelfs Johan, die veel van haar accepteerde, zou hier een verklaring voor willen hebben. Als het niet was voor het feit dat ze haar verjaardag niet vierde, dan toch zeker wel voor haar weglopen.

Ze reed bij de eerste de beste gelegenheid de A2 richting 's-Hertogenbosch op en bleef rijden. Het was tot haar verbazing en opluchting niet zo erg druk, tenminste niet zo druk dat ze stil kwam te staan en daarom reed ze een halfuur doelloos over dezelfde snelweg, tot ze een bord zag dat aangaf dat er bij de volgende afrit een hotel in de buurt was.

Ze wilde niet terug naar Johan of haar eigen flat en ze besloot in een opwelling de nacht in een hotel door te brengen. Hier zou niemand haar kunnen vinden. Wat ze tegen Johan zou zeggen als ze hem weer zag zou ze dan wel zien. Als hij dan nog met haar wilde praten tenminste.

Het duurde niet lang voor ze een kamer had en met een zucht liet ze zich op het grote, comfortabele bed vallen. Ze was niet goed wijs. Hoe kon ze in vredesnaam weglopen?

Haar mobieltje had ze onderweg uitgeschakeld, maar ze stond toch een paar keer op het punt om Johan te bellen. Ze hoefde alleen maar tegen hem te zeggen dat het goed met haar ging en dat ze zich het volgende weekend weer bij hem zou melden. Ze deed het niet, ook niet nadat ze op het scherm ontdekte dat hij inderdaad een paar keer had geprobeerd om haar te bereiken. Vandaag en morgen zou het echter onmogelijk zijn hem te vertellen wat ze voelde.

Hoofdstuk 12

Martin Ros
01-07-1962

Anne Marie Ros-Hildebrand
18-12-1964

12-05-1995

Eva staarde naar de steen en voelde tranen in haar ogen opwellen en toen ze langs haar wangen begonnen te rollen, probeerde ze niet eens om ze tegen te houden. Snikkend legde ze de rozen die ze had gekocht op het graf en ging daarna op haar knieën zitten. Ieder jaar nam ze op de dag van haar verjaardag, ook de dag van het ongeluk, vrij om het graf van haar ouders te bezoeken. Dan zat ze daar en herinnerde zich vooral die vreselijke dag, nu vijftien jaar geleden. Ze probeerde zich dan ook fijne dingen te herinneren, maar dat kostte haar altijd veel moeite. Vooral omdat de relatie met haar ouders niet erg goed was geweest en ze grote ruzie hadden gehad op die fatale dag.

Elk jaar bood ze hen opnieuw haar excuses aan omdat ze niet had geluisterd, maar het veranderde niets aan het feit dat haar ouders niet terug waren gekomen van het concert dat ze hadden gegeven en waar zij – voor straf, hoewel het haar verjaardag was geweest – niet naartoe had gemogen. Ze waren die nacht niet thuis gekomen en Eva had gedacht dat het nog steeds bij die straf hoorde. Het was nog nooit eerder voorgekomen dat haar ouders haar 's nachts alleen hadden gelaten. De volgende ochtend was ze van slag en verdrietig naar school gegaan en toen ze 's middags thuis was gekomen, waren haar ouders nog steeds niet terug. Voor het eerst in jaren had ze niet naar pianoles gekund, omdat niemand haar had kunnen brengen. Pas heel laat die avond had ze van iemand van de kinderbescherming gehoord van het ongeluk. Ze hadden haar meegenomen en ze was nooit meer thuis geweest.

Waarom ze plotseling achterom keek wist ze niet, maar ze was niet eens verbaasd te ontdekken dat Johan op een paar meter afstand van haar stond. Snel veegde ze een keer met haar zakdoekje over haar gezicht.

Johan glimlachte aarzelend en ze kreeg het voor elkaar om even waterig terug te glimlachen, ze wendde haar blik van hem af en richtte haar aandacht weer op de steen voor haar. Hoewel ze er niet met hem over had willen praten, schaamde ze zich ervoor dat ze de vorige dag gewoon bij hem was weggelopen. Alleen omdat hij te weten was gekomen dat ze vandaag jarig was. Iets wat vermoedelijk bij andere paren geen groot drama zou veroorzaken.

Ze kende hem inmiddels goed genoeg om te weten dat hij zich zorgen om haar had gemaakt. Hij moest Minh zover hebben gekregen dat ze hem had verteld waar ze was. Minh was de enige persoon die het hem had kunnen vertellen, omdat verder iedereen dacht dat ze vrij had om haar verjaardag te vieren. Haar vriendin wist echter ook hoe moeilijk die dag voor haar was en ze had beloofd er nooit met iemand anders over te praten. Minh hield haar beloftes, dat had ze tenminste altijd gedaan.

Het duurde niet lang voor ze merkte dat hij naast haar kwam zitten en toen ze weer naar hem keek, zag ze dat hij met een ernstig gezicht naar de steen zat te kijken. Hij draaide zich naar haar toe en sloeg een arm om haar schouders. Als vanzelf kroop ze dicht tegen zijn warme lichaam aan en er ontsnapte haar een diepe zucht.

Johan zei niets maar hield haar goed vast en ze stelde vast dat ze het prettig vond dat hij bij haar was en het gevoel van eenzaamheid verdween langzaam maar zeker.

Ze had er geen idee van hoelang ze bij hem had gezeten, maar op een gegeven moment maakte ze zich uit zijn armen los.

'Ik denk dat ik maar naar huis ga,' fluisterde ze tegen hem.

Hij knikte en liet haar langzaam los. 'Ik breng je.' Hij stond op en hielp haar met opstaan. Ze was helemaal koud en stijf geworden van het zitten op de grond. 'Ik wacht op de parkeerplaats op je.' Hij streelde haar haren en pas nadat ze had geknikt liep hij bij haar vandaan.

Het duurde nog een hele tijd voor ze zich van het graf van haar ouders kon losmaken, toch voelde ze zich nu niet zo alleen en ook niet meer zo verdrietig als alle voorgaande jaren. Johan was in haar leven gekomen.

Zoals hij had gezegd, wachtte Johan op de parkeerplaats op haar en zonder iets te zeggen opende hij de deur van zijn auto. Ze stapte de beschutte warmte in.

De rit van de begraafplaats naar haar flatje duurde minder dan vijf minuten en Eva merkte dat ze nerveuzer werd, naarmate ze dichterbij kwamen. Ze kon echter niet bedenken waarom dat was en toen ze er waren stapte ze niet meteen uit.

Johan keek haar even aan. 'Wil je naar mijn huis?'

Daarop schudde ze haar hoofd, zelfs al was ze niet zeker of dat het juiste antwoord was.

Hij stapte uit en opende snel daarna haar deur voor haar. 'Kom mee, ik loop met je mee naar boven.'

Een gevoel van opluchting borrelde in haar op en ze kreeg het voor elkaar om naar hem te glimlachen terwijl ze uitstapte. Johan sloeg zijn arm om haar schouders en hield haar vast. Dit was het wat ze nodig had: hem. Het "waar" was niet belangrijk.

'Is alles goed met je?' Hij keek haar bezorgd aan, nadat hij hen met haar sleutel had binnengelaten.

'Ja.' Ze knikte. Alles was goed als hij nog een poosje zou blijven. Ze registreerde half dat hij haar uit haar jas hielp en die aan de kapstok hing. Meteen kwam hij naar haar terug, om een arm om haar heen te slaan.

'Ik zal iets te eten voor je maken.' Hij leidde haar naar de bank en liet haar daar gaan zitten.

Ze trok haar benen op en kroop zoveel mogelijk in elkaar. Ze realiseerde zich nu pas dat ze, behalve vreselijk koud, ook een behoorlijke honger had. Na het halve broodje in het hotel die ochtend al vroeg, had ze niets meer gegeten. Johan verliet de kamer en ze kreeg het zo mogelijk nog kouder. Het duurde gelukkig niet lang voor hij met haar dekbed terugkwam en dat om haar heen legde.

Johan vertroetelde haar de hele avond. Hij las iedere wens in haar ogen en dwong haar niet te praten over dingen waarover ze niet wilde of kon praten.

Meestal was ze met haar gedachten niet in het heden, maar bij die ene vreselijke dag: haar tiende verjaardag, de dag waarop ze haar ouders en haar thuis had verloren.

'Ik bel je morgenochtend op.' Het was halfelf en Johan maakte aanstalten om naar huis te gaan.

Ze knikte. 'Ik ga dan weer gewoon aan het werk.' Morgen zou alles weer normaal zijn. Net als ieder jaar. Tot nu toe was er alleen geen Johan geweest die een beetje voor haar had gezorgd.

'Bel me, als je toch niet alleen wilt zijn, oké?' Hij streek een lok uit haar gezicht. 'Het maakt niet uit wanneer.'

Haar hart leek een slag te missen en ze moest echt moeite doen om de brok die haar de hele dag al in de weg zat, weg te slikken. 'Johan, blijf bij me,' fluisterde ze. Vannacht wilde ze niet alleen zijn. Eigenlijk wilde ze nooit meer alleen zijn.

Hij knikte en trok haar tegen zich aan. De brok in haar keel liet zich niet meer wegslikken en ze barstte in een huilbui uit zoals ze die in geen jaren had gehad. Het maakte niet uit, niet nu Johan bij haar was en haar vasthield.

Toen ze was uitgehuild vertelde ze hem zelfs wat er was gebeurd. Natuurlijk wist ze nu best dat de dood van haar ouders een ongeluk was. Dat het geen straf was geweest omdat ze liever een klasgenootje had willen uitnodigen voor haar verjaardag dan dat ze urenlang achter de piano had gezeten. Maar op haar verjaardag voelde ze zich tien jaar oud, erg alleen en vreselijk schuldig.

De volgende avond besloot Eva, om nog even bij Minh langs te gaan. Het was fijn dat Johan er de vorige avond voor haar was geweest, maar toch had Minh het hem niet mogen zeggen.

'Je had niet het recht Johan te zeggen waar ik was,' zei ze meteen op beschuldigende toon, zodra haar vriendin de deur had geopend.

Minh glimlachte en liet haar binnen. Ze ging niet meteen op de beschuldiging in.

Hoewel Eva niet van plan was geweest om te blijven, ging ze toch zitten en had ze al snel een beker thee voor zich staan. In die tijd had Minh helemaal niets over Johan gezegd, maar had ze het er alleen over hoe goed haar nieuwe bakcreatie geworden was en zo had Eva ook al gauw een groot stuk bontgekleurde vruchtentaart voor haar neus.

Pas toen ook Minh met een beker thee en een stuk taart was gaan zitten, begon ze er uit zichzelf over.

'Waarom had ik het Johan niet mogen vertellen? Hij was behoorlijk van slag. Hij vertelde me dat je zonder iets te zeggen was weggegaan en dat hij je nergens kon vinden. Hij maakte zich vreselijke zorgen om je.' Minh keek haar bezorgd aan. 'Hij dacht dat er iets ernstigs met je gebeurd was toen je nergens te bereiken was. Hij stond op het punt om de ziekenhuizen en de politie te bellen. Ik kon hem moeilijk niet vertellen wat de reden van je vertrek was.'

Eva haalde een keer diep adem en besloot dat Minh er niets aan kon doen. 'Het spijt me dat ik net zo tegen je uitviel.' Ze ontspande zich een beetje en pakte haar beker van de tafel. Aan de beker warmde ze haar handen.

'Het is al goed.' Minh haalde haar schouders op. 'Ik weet dat je het liefst niemand in je buurt wilt hebben, maar ik vind het ook vreselijk wanneer je die dag helemaal alleen bent.'

'Het was vroeger nooit erg om op die dag alleen te zijn. Maar gisteren was het allemaal anders. Vanaf het moment dat Johan bij me was, leek het allemaal veel minder erg. Hij heeft amper iets gezegd, maar hij was bij me en heeft me vastgehouden. Hij heeft er niets over gezegd dat ik ben weggegaan. Hij heeft niet eens gezegd dat ik niet goed bij mijn hoofd ben. Dat ik gewoon mijn verjaardag moet vieren zoals iedereen dat doet. Ik heb hem zelfs kunnen vertellen over die dag.' Daarover was ze nog steeds verbaasd. Vermoedelijk wist niet eens Minh hoe het allemaal was gelopen.

Johan in vertrouwen nemen was vanzelf gegaan en het had gevoeld alsof het de normaalste zaak van de wereld was.

'Waarom ben je daar zo verbaasd over. Die man houdt van je.'

Minhs woorden maakten dat ze zich warmer voelde worden dan de beker met thee haar ooit zou kunnen maken. Langzaam begon tot haar door te dringen wat het kon betekenen als er iemand in je leven was die van je kon houden of in ieder geval veel om je gaf.

Hoofdstuk 13

'Ik weet dat je niet gestoord wilt worden.' Alina stond plotseling voor haar bureau en geïrriteerd keek Eva naar haar assistente op. Ze had haar dat nadrukkelijk verteld.

'Maar Johan Heller is er voor je,' ging Alina verder.

Alleen al het horen noemen van zijn naam zorgde ervoor dat haar hart sneller begon te kloppen en ze het nog warmer kreeg dan ze het al had. Ze slaakte een diepe zucht. De afgelopen week had ze hem enorm gemist. Belachelijk, ze zagen elkaar ieder weekend en ze had hem sinds de allereerste keer één weekend niet gezien. Dat zou ze toch zonder problemen moeten kunnen uithouden.

Ze had het heel erg druk gehad en had zelfs echt moeten werken; er was een grote beurs geweest waar ze bij had moeten zijn. Ze had echter voortdurend aan hem moeten denken. Dat hij iedere dag bloemen naar haar werk of haar flat had gestuurd, had haar concentratie niet echt geholpen. Ze had zichzelf er op betrapt dat ze er steeds naar zat te staren, om zich in herinneringen aan hem en de tijd die ze met hem had doorgebracht te verliezen. Zoals ook nu weer.

'Zeg hem maar dat ik geen tijd heb,' vertelde ze Alina kortaf. Eigenlijk wilde ze hem graag zien. Maar ze moest een veertigjarig huwelijksfeest zien te redden dat haar collega Harald had laten liggen, omdat hij beweerde dat zij het had moeten regelen. Ook wilde ze nog voorbereidingen treffen voor een teamvergadering en er zat een congres aan te komen van tandartsen. Als ze met Johan zou praten zou ze te veel tijd verliezen en de volgende ochtend nog niet thuis zijn. Vandaag had ze er toch al veel moeite mee om zich te concentreren.

Ze had zo'n vreselijke hoofdpijn dat ze inmiddels regelmatig zwarte vlekken voorbij zag komen. Het zweet brak haar ook zo'n beetje bij de kleinste beweging uit. Sinds een uur traanden haar ogen en liep haar neus. Ze had al een half pakje zakdoekjes versnoten. Bovendien hoefde Johan ook niet te denken dat ze zou springen wanneer hém dat uitkwam. Waar ze helemáál niet tegen kon was dat ze al veel te vaak zijn zin deed. Niet dat hij haar dwong, maar als hij bij haar in de buurt was, vergat ze nogal eens andere dingen die misschien wel belangrijker waren.

Ze richtte haar aandacht weer op haar werk, ervan uitgaand dat Alina zou doen wat ze had gezegd. Daardoor merkte ze Harald pas op toen hij voor haar bureau stond.

'Hoe kun je zeggen dat je geen tijd hebt voor Johan Heller?' Hij legde een nieuwe stapel papieren op haar bureau. 'Weet je niet wie hij is?'

'Natuurlijk weet ik wie hij is,' reageerde ze kribbig, zich een woedeaanval verbijtend terwijl ze naar de stapel papieren keek die erbij was gekomen. Ze ontdekte de naam van het veertigjarige bruidspaar en het was meteen duidelijk dat het toch zijn opdracht was geweest. Hij had meer informatie dan hij haar had verteld. Vermoedelijk zat er in die map de informatie waar zij die ochtend achteraan was geweest en waardoor ze veel kostbare tijd had verloren.

'Hoe kun je hem dan in vredesnaam door Alina laten zeggen dat je hem niet wilt spreken. Ben je niet goed bij je hoofd?' Met zijn koude groene ogen keek hij haar aan alsof het een retorische vraag was.

Eva opende de map en daarin zat inderdaad precies wat ze nodig had gehad en ze moest echt moeite doen om haar woede de baas te blijven.

'Of ik Johan wel of niet wil spreken, maak ik altijd zelf nog wel uit.' De confrontatie met Harald was vermoeiender en tijdrovender dan wanneer ze Johan zou hebben gezien. Hij zou weg zijn gegaan als ze hem dat had gevraagd. Bovendien was dit veel minder interessant en stoorde het haar dat ze daardoor juist de tijd verloor die ze eventueel later nog met Johan zou kunnen doorbrengen. Veel later, als ze eindelijk alles af zou hebben.

'Natuurlijk maak jij dat niet uit. Hij is een klant.'

Ze keek nu toch weer naar Harald op. Zover had ze niet gedacht, ze had echt een moment gedacht dat Harald ook nog begon te beslissen wie van haar vrienden ze wel en niet zou mogen zien.

'Johan is hier voor mij, hij is hier nu niet als klant.' Ze wist meteen dat ze er spijt van zou krijgen dat ze hem dat vertelde, maar dat hij haar werk weer eens bekritiseerde kon ze niet meer hebben. Hij deed dat voortdurend en zonder enige reden. Ze wist dat ze haar werk goed deed. Iedereen in het bedrijf en ook de klanten wisten dat. Alleen hij maakte haar steeds weer onzeker.

'O ja?' Hij keek haar aan alsof hij dat niet kon geloven.

'Ja.' Ze zuchtte diep, ze wilde niet weer een discussie met Harald aangaan. Dat zou dan de vierde van die dag zijn, ze werd doodmoe van hem.

'Wat wil hij dan van jóu?'

Hij zei het zo neerbuigend dat het kwetsend was en hoewel ze meestal scherp genoeg was om hem van repliek te kunnen dienen, kwam dit hard bij haar aan.

'Dat gaat je niets aan!' riep ze dan ook feller uit dan de bedoeling was. Een duizeling moest ze op de koop toe nemen. Vermoeid leunde ze achterover in haar stoel en ze vermande zich zo goed en zo kwaad als het ging voor ze naar hem opkeek. Daarbij zag ze dat Alina er ook nog steeds was. 'Als jij je plotseling zulke grote zorgen om dit bedrijf maakt, dan ga jíj naar hem toe en regel jij de zaken. Ik heb op dit moment geen tijd voor hem en dat weet jij net zo goed als ik.' Ze richtte haar aandacht op Alina en haalde een keer diep adem. 'Je kunt tegen Johan zeggen dat ik hem bel als ik hier klaar ben. Vanavond.'

Alina, voelde zich duidelijk ook nogal opgelaten door de discussie, nu knikte ze echter en ze verdween ook echt naar de gang.

Harald liep, zonder nog iets tegen Eva te zeggen, achter haar aan. Ook naar Johan, en zij was de enige die hem niet zou zien. Een moment overwoog ze of ze misschien toch niet heel even naar hem toe zou gaan. Een omarming of een glimlach van hem zou haar goed doen. Maar ze had echt geen tijd en dat was hoofdzakelijk Haralds schuld.

'Eva?' Niet zoveel later stond Alina weer aan haar bureau.

'Ja.' Het klonk onaardiger dan Alina had verdiend, maar ze kon het ook niet helpen.

'Is alles goed met je?' vroeg de jonge vrouw.

Eva herkende bezorgdheid in de stem van haar collega en toen ze opkeek zag ze die ook in haar ogen.

'Ja, alles is goed met me.' Haar stem was hees en maakte meteen duidelijk dat ze loog. 'Het zou alleen nog beter gaan als ik hier gewoon mijn werk zou kunnen doen,' verzuchtte ze, nadat ze haar keel had geschraapt.

'Je kunt denk ik beter naar huis gaan, je ziet er niet erg gezond uit.' Alina deed een stap in haar richting alsof ze van plan was om aan haar voorhoofd te voelen.

'Ik ben niet ziek! Ik ben geïrriteerd. Ik wil dit hier gewoon vandaag nog afmaken.' Ze bekeek de enorme stapel werk die ze nog moest doen, stond op, liep naar het koffiezetapparaat om nog een kop koffie in te schenken, terwijl ze zichzelf dwong Johan, haar hoofdpijn en misselijkheid uit haar gedachten te zetten.

De telefoon ging bij de receptie en Alina verdween zonder iets te zeggen naar haar werk.

Opgelucht dat ze alleen was ging ze weer aan de slag.

'Wat zijn dit?'

Eva schrok zich naar bij Johans woorden en er ontsnapte haar een hese kreet. Hij stond naast haar bureau en hield het potje dat ze naast haar koffiekopje had staan, omhoog.

'Die zijn van mij.' Ze griste het potje met tabletten uit zijn handen voor hij het aan een nader onderzoek kon onderwerpen. Ze had hem geen moment verwacht. Toen bedacht ze de reden voor zijn late bezoek: ze was vergeten om hem te bellen, zoals ze hem door Alina had laten beloven.

'Daar was ik al bang voor, maar wat zijn het?'

'Ik voel me niet zo fit en zo ben ik tenminste nog in staat om normaal door te gaan.' Eigenlijk was ze er zeker van dat hij wel wist wat de werking van die tabletten was.

'Je voelt je niet zo fit? En je hebt het over normaal doorgaan? Je ziet er uit als een wandelend lijk. Als je niet fit genoeg bent, neem je geen peppillen, dan zit je niet tot elf uur 's avonds op kantoor; dan ga je aan de vitamine en vroeg naar bed.'

'Elf uur?' piepte ze terwijl ze op haar horloge keek. Al het andere wat hij had gezegd was niet belangrijk, ze had nog minstens een uur werk voor zich liggen.

Ze keek naar Johan op en voelde opnieuw een vreselijke vermoeidheid over zich heen komen. Vermoeidheid, lusteloosheid, hoofdpijn en ook woede omdat Harald haar dit liet opknappen en Johan zich ermee bemoeide. Het ging hem niets aan. Het was háár werk, háár leven. Ze kon doen en laten wat ze wilde. Ze had hem niet nodig.

'Ga weg! Laat me met rust!' riep ze een stuk luider dan nodig was. Het klonk haar zelf als een echo in haar oren terug. Tijdens de uren die ze al aan het ploeteren was om de stapel kleiner te krijgen, had ze inmiddels aan zichzelf moeten toegeven dat ze vermoedelijk toch griep had, in plaats van alleen maar een verkoudheid. Het veranderde echter niets aan het feit dat ze niet zomaar op kon houden met werken en de boel de boel kon laten. Er waren drie nieuwe aanvragen voor feesten bij en ze kon dat onmogelijk te lang laten liggen, dan zouden die mensen ergens anders heengaan.

'Ga zitten, schat. Je ziet eruit alsof je ieder moment van je stokje kunt gaan.' Hij deed een stap in haar richting en keek haar bezorgd aan.

'Nee!' riep ze nogal onredelijk uit. 'Ik moet verder. Ik kan niet met je mee, het gaat niet door. Ik heb geen tijd om met je te praten. Het spijt me dat ik je niet heb gebeld, zoals ik had gezegd. Ik denk ook dat we elkaar voorlopig maar een poosje niet moeten zien.' Haar stem had hees geklonken en haar keel deed ook weer meer pijn.

'O nee. Dát beslissen we niet hier en nu. Tot hoe laat was je van plan om door te gaan?' Hij klonk nogal geduldig en dat maakte haar nog bozer.

Ze haalde haar schouders op. 'Tot dit hier geregeld is.'

Ze wees naar de enorme stapel papieren die nog op haar bureau lag. Ze was de afgelopen uren niet veel opgeschoten en ze kon zich eerlijk gezegd niet eens herinneren wat ze allemaal al wel gedaan had.

'Hoe komt het dat het zo'n grote stapel is?' onderbrak hij weer haar poging om zich op het werk te concentreren.

'Omdat dit is wat Harald heeft laten liggen.' Die avond had ze ontdekt dat Harald, buiten het veertigjarige huwelijksfeest, ook aan de opening van een nieuwe speelgoedwinkel helemaal niets had gedaan. Drie clowns hadden griep. Twee andere clowns hadden geen tijd en de laatste twee op haar lijst had ze niet kunnen bereiken. Bij de goochelaars en acrobaten was het ongeveer net zo verlopen. De komende dagen zou ze alle zeilen moeten bijzetten om daar nog iets van te maken.

'Harald? Waarom doet Harald dat niet zelf?'

Weer haalde ze haar schouders op. Harald deed de laatste tijd zijn werk nooit. Soms vroeg ze zich af wat hij überhaupt op kantoor deed en waarvoor hij betaald werd.

'Waarom kan dat niet tot morgen wachten?'

'Omdat ik morgen mijn eigen werk weer moet doen.' Demonstratief ging ze achter haar bureau zitten, pakte een map van de stapel en begon te lezen. Ze was alleen niet in staat om te volgen wat er stond, de letters dansten voor haar ogen en een enkele keer zag ze lichtflitsen. Haar oren ruisten vreemd en ook klopte haar hart veel te snel en dit keer had het niets te maken met Johans verschijning. Ze had misschien toch niet vijf van die pillen moeten nemen.

'Eva?'

Johans stem kwam van ver weg, maar ze voelde ineens zijn armen om haar heen. 'We gaan naar huis. Harald moet dat zelf maar doen. Of anders komt het een andere keer. Ik neem je mee naar huis, het gaat helemaal niet goed met je.'

'Het gaat prima met me,' weerde ze zich, zijn armen van zich afslaand. Haar hoofd tolde en ze moest een keer diep ademhalen om niet in een hoestbui uit te barsten.

'Hoeveel van die dingen heb je genomen?' vroeg Johan haar op strenge toon en hij deed wat ze Alina niet had laten doen: hij voelde haar voorhoofd. Zijn hand was heerlijk koel.

'Je bent echt ziek. Kom mee. Als je niet met me mee komt, dan draag ik je hier weg.' Hij pakte de map uit haar handen en legde die boven op de stapel terug. Hij nam het potje pillen uit de zak van haar jasje en bekeek het label, daarna stak hij het in zijn jaszak.

Dit keer hadden de pillen niet geholpen, ze voelde zich nog beroerder dan aan het begin van de dag. Veel beroerder en het leek met de minuut erger te worden. Johan stond voor haar, maar ze kon hem amper zien. Ze knikte langzaam en die beweging maakte haar misselijk.

Langzaam duwde hij haar stoel achteruit en hielp haar met opstaan.

'Gaat het?' Hij bleef zijn armen om haar heen houden alsof hij het niet vertrouwde. 'Hoeveel van die pillen heb je de afgelopen uren genomen?'

'Vier of vijf,' fluisterde ze. Zo precies wist ze het niet meer.

'Vier of vijf? Eva, ben je niet goed bij je hoofd?'

Dat was de tweede keer die dag dat iemand haar die vraag stelde. Het meest stoorde het haar dat Johan het zo bezorgd vroeg. Inmiddels was ze zelf zover dat ze inzag dat ze die pillen niet had moeten nemen. Zeker niet op minstens drie liter zwarte koffie, anderhalf pakje sigaretten en verder helemaal niets. Het was elf uur 's avonds en ze had nog niets gegeten, sinds halfzeven die ochtend een bekertje aardbeienyoghurt. Ze was geen grote eter, maar dit was zelfs voor haar bar weinig.

Johan hielp haar haar jas aan te trekken en het kantoor af te sluiten. Hij ondersteunde haar de hele weg naar zijn auto, waar ze erg dankbaar voor was, omdat ze vermoedde dat ze geen meter rechtuit zou kunnen lopen; de wereld draaide om haar heen.

'Waar gaan we naar toe?' Ze keek toe hoe hij zijn telefoon pakte en een nummer intoetste. 'Wie ga je bellen?'

'We gaan naar huis. Ik bel Jürgen, hij is een vriend en hij is arts.'

'Waarom?'

'Omdat je ik weet niet wat kunt krijgen van die pillen!'

'Die pillen zijn niet gevaarlijk. Iedereen neemt ze,' protesteerde ze.

'Dat zal best, maar als je er vijf achter elkaar neemt, gaat het er toch een beetje anders uitzien. Je hebt vast al uren niets gegeten en alleen maar koffie en cola gedronken. Volgens mij heb je griep en je bent snipverkouden. Allemaal omstandigheden waardoor die pillen anders gaan werken en het gebruik ervan misschien wel gevaarlijk kan worden. Hallo, Jürgen...'

Ze rilde en trok haar jas een beetje dichter om zich heen. Gelukkig werd het al snel warm in de auto en naarmate het warmer werd, werd ze ook slaperiger. Het gesprek dat Johan met Jürgen voerde begon van steeds verder te komen. Ze hoorde hoe hij hem vertelde wat er aan de hand was, ze hoorde de naam van de pillen, maar het drong niet meer tot haar door dat het om haar ging.

Hoofdstuk 14

Eva schrok wakker toen Johan haar uit de auto tilde en met haar in zijn armen naar het huis liep. Hij fluisterde iets, maar ze kon niet goed verstaan wat omdat haar oren zoemden. Ze slaakte een zucht en nestelde zich heerlijk tegen zijn schouder.

Bovengekomen legde Johan haar voorzichtig op het bed en trok hij haar schoenen uit. Daarna opende hij een paar knoopjes van haar blouse en trok het dekbed over haar heen. Ze zag dat hij op een stoel naast het bed ging zitten.

Ze schrok enorm van de deurbel en haar hart begon weer als een wilde te kloppen, haar hoofd bonsde en ze werd misselijk. Johan was, nadat hij een kus op haar voorhoofd had gedrukt, de slaapkamer uitgelopen om de deur te gaan openen en ze moest maken dat ze naar het toilet kwam. Het duurde niet lang voor ze de inhoud van haar maag in de toiletpot had gespuugd. Ook dat nog.

Nog steeds duizelig stond ze op. Ze zag dat Johan de badkamer binnenkwam, haar oren suisden nog meer en net toen ze dacht dat ze zou omvallen sloeg hij zijn armen om haar heen en hij leidde haar terug naar de slaapkamer. Ze kon zich niet herinneren dat ze zich ooit eerder zo beroerd had gevoeld.

'Ik had haar toch meteen naar het ziekenhuis moeten brengen,' hoorde ze Johan bezorgd tegen de man zeggen die de slaapkamer in kwam lopen.

'Ik hoef niet naar het ziekenhuis. Het gaat prima met me,' fluisterde ze.

Johan stelde de man aan haar voor als Jürgen, zijn vriend en arts. Ergens kwam hij haar een beetje bekend voor, maar het schoot haar niet te binnen waarvan. Ze besloot zich daar niet al te druk over te maken toen Jürgen haar systematisch begon te onderzoeken. Het interesseerde haar geen bal wie hij was, als hij maar niet zou zeggen dat ze naar het ziekenhuis moest; ze wilde bij Johan blijven. Ook moest ze morgen weer gewoon gaan werken. Ze moest nog clowns vinden.

'Blijf je bij haar in de buurt?' vroeg de arts aan Johan, nadat hij haar bloeddruk had gemeten.

'Ja, natuurlijk.' Johan keek naar haar in plaats van naar Jürgen. Hij pakte haar hand vast en kneep er zacht in en Eva slaakte een zucht van opluchting.

De man keek van Johan naar haar en knikte. 'Als ze er één meer had genomen zouden we hier niet over discussiëren, maar ik denk dat het wel gaat lukken. Mocht er ook maar één teken zijn dat het slechter gaat dan breng je haar naar het ziekenhuis.'

'Ja, natuurlijk,' zei Johan gehaast.

Ook Eva knikte vermoeid. Johan keek bezorgd naar haar en ze zag dat de arts Johan bij zijn arm nam en hem mee de kamer uit voerde. Als hij maar niet te lang weg zou blijven, ze voelde zich een beetje angstig zonder hem. Op zich was dat natuurlijk belachelijk omdat ze nog nooit in haar leven ergens bang voor geweest. Zeker niet voor het alleen zijn.

Opgelucht zag ze dat Johan samen met Jürgen weer terugkwam. Johans vriend glimlachte naar haar, mat opnieuw haar bloeddruk, keek in haar ogen en luisterde naar haar hartslag.

'Dat gaat in ieder geval de goede kant op.' Tevreden ruimde hij zijn spullen weg. 'Maar je moet voorlopig in bed blijven, en met voorlopig bedoel ik niet de komende zes uur. Je bent hard aan rust toe.'

Weer knikte Eva braaf, terwijl ze bedacht dat ze onmogelijk de rest van haar leven in bed kon blijven liggen. Ze had nog vreselijk veel te doen. Ze kon alleen met geen mogelijkheid meer bedenken wat dat allemaal was. Er was iets met clowns.

Jürgen verdween, na nog een poosje met Johan te hebben gesproken. Het ging over haar gezondheid maar ze luisterde niet eens. Ze trok het dekbed over zich heen en probeerde te slapen, wat niet erg goed lukte omdat ze het kloppen van haar hart in haar oren kon horen en voelen. Onrustig draaide ze zich een paar keer om. Niet al te snel, dan werd ze weer misselijk. Het geluid in haar oren werd uiteindelijk wat minder en ze vroeg zich af waarom ze nog steeds niet kon slapen: ze was doodmoe, lag in een warm bed, Johan was in de buurt en toch lukte het niet. Weer sloot ze haar ogen, in de hoop dat de vermoeidheid het zou gaan winnen van de onrust.

Erg veel beter werd het niet. Ze hoorde Johan de kamer binnenkomen en voelde hoe hij bij haar op bed ging zitten. Hij zei niets en toen ze haar ogen opende omdat het onmogelijk was om te slapen, zag ze weer de enorme bezorgdheid in de zijne.

'Ik dacht dat je sliep,' zei hij op zachte toon. 'Ik wilde je niet wekken.'

'Dat deed je ook niet.' Haar stem was niet meer dan een fluistering en met moeite kwam ze toch overeind, Johans afkeurende blik negerend. 'Ik kan niet slapen. Het spookt nogal in mijn hoofd. Blijf nog een poosje bij me. Hou me alsjeblieft een poosje vast.'

Hij kwam dichter bij haar zitten en trok haar tegen zich aan. Ze voelde zich meteen beter.

Eigenlijk zou het niet zo heerlijk moeten voelen om zijn armen om zich heen te hebben. Ze zou zich uit zijn armen terug moeten trekken; hij bemoeide zich veel te veel met haar leven. Hij had haar behandeld als een klein kind dat niet wist wat ze deed. Toch realiseerde ze zich dat het juist zo fijn was in zijn armen, hij was sterk en warm. Ze leunde met haar hoofd tegen zijn borst en kon zijn hart horen kloppen. Het klopte heerlijk rustgevend, zeker in vergelijking met dat van haar dat nog steeds een beetje onregelmatig ging.

'Waarom doe je dat voor Harald?' vroeg hij haar na een poosje.

Ze haalde haar schouders op.

'Je zet je leven voor hem op het spel. Waarom doe je dat?'

'Ik wil dat het met het bedrijf goed gaat en zo erg was het nou ook weer niet,' protesteerde ze.

'Niet? Ik weet niet wat er was gebeurd als ik je niet was komen ophalen. Waarschijnlijk had je nog een paar van die pillen genomen om die stapel papieren door te komen. Je hebt van Jürgen gehoord dat het langzaam gevaarlijk aan het worden was. Waarom doe je dat voor Harald? Ik ken hem en hij is een arrogante kwal. Hij is die ellende niet waard.'

'Dat weet ik, maar...'

'Nou dan. Hij is niet je baas.'

'Nee...'

'Volgens mij hebben jullie dezelfde functie.'

Ze knikte langzaam.

'Staat er in jouw contract dat je zijn werk moet doen?'

'Nee, maar...'

'Niets maar.' Hij kuste haar haren. Langzaam voelde ze zich weer iets rustiger worden, voelde ze zich een beetje beter. Het klonk allemaal logisch zoals Johan het zei. Ze wist best dat hij gelijk had, maar met Harald had ze grote problemen. Ze was in staat met iedereen samen te werken, behalve met hem. Vanaf het begin had hij zich door haar komst bedreigd gevoeld en dat reageerde hij ook op haar af. Zeker sinds bekend was geworden dat er een promotie aan zat te komen die maar een van hen kon krijgen, was de situatie helemaal erg hoog opgelopen.

'Liefste,' hoorde ze Johan zeggen. 'Het komt allemaal wel goed.'

Het was tien over halfelf, zag ze op de rode cijfers van de wekker naast het bed. Halfelf? Hoe kon het tien over halfelf zijn, als ze nog om elf uur op kantoor geweest was en wat deed ze in vredesnaam in Johans bed?

'O, nee, ik moet naar mijn werk,' mompelde ze terwijl ze met een ruk overeind kwam. Het volgende moment werd ze zo misselijk dat ze doodstil moest blijven zitten om niet meteen te moeten overgeven. Ze herinnerde zich langzaam weer wat er de afgelopen nacht allemaal gebeurd was en waarom ze in Johans bed lag. Toen ze dacht dat het wel ging, stond ze op en liep naar het toilet waar ze dan toch nog overgaf.

De tranen liepen over haar wangen, tegen de tijd dat haar maag weer een klein beetje rustiger was geworden. Haar hoofd bonkte en ze ging tegen de muur zitten. Ze vertrouwde er niet op dat het echt voorbij was.

'Eva, is alles goed?' Johan kwam het toilet binnen nadat hij een keer had geklopt en ze daarop niet had gereageerd.

'Je had me moeten wekken,' begon ze meteen.

'Ik moet naar mijn werk.'

Johan schudde zijn hoofd en ging naast haar zitten. 'Je hoeft helemaal niet naar je werk. Daartoe ben je niet in staat. Ga terug naar bed, liefste.'

'Nee!' Met haar vuist veegde ze de tranen van haar wangen, ze geneerde zich nogal dat hij haar zo zag.

'Jawel.' Johan stond op en tilde haar van de vloer, alsof ze niets woog. Ze voelde zich zo vreselijk dat ze niet meer protesteerde. Hij legde haar terug in bed en verdween naar de badkamer om met een vochtig washandje terug te komen.

'Ik kan toch niet in bed blijven als er bergen werk op me liggen te wachten?' huilde ze. Het vochtige washandje waarmee Johan teder haar gezicht waste, voelde goed aan op haar gloeiende huid.

'Die bergen werk van Harald bedoel je? Dat kan hij vandaag allemaal zelf doen. Als het zonodig af moet zijn, gaat híj maar tot elf uur 's avonds op kantoor zitten.' Johan ging onverstoord teder verder, de grimmigheid in zijn stem was duidelijk voor Harald en niet voor haar bedoeld. 'Je bent ziek, liefste, je hebt griep, je hebt koorts, je bent half overspannen en je hebt nog wat last van die pillen. Je kunt niet naar je werk. Ik heb bovendien al gebeld dat je niet komt, dat je in ieder geval deze hele week niet meer komt. Stuart maakt geen problemen. Hij wenst je beterschap. Net als Alina, ze heeft gezegd dat ze alles voor je zal regelen en dat je je geen zorgen hoeft te maken.'

Langzaam kwam het besef dat hij gelijk had en ze gaf het op. Misschien was ze ook wel te moe en te misselijk om nog te protesteren. 'Johan?'

'Ja, schat?' Hij streelde teder haar haren.

'Blijf je bij me?'

'Ja, ik blijf bij je. Maak je geen zorgen. Probeer nog een poosje te slapen.' Hij trok het dekbed een beetje beter over haar heen en drukte een zachte kus op haar wang. Even wist ze niet of ze droomde dat hij zei dat hij van haar hield of dat het echt was.

Iedere keer als ze wakker werd was Johan bij haar en ze vroeg zich af of hij niet moest werken. Hij had weliswaar zijn bedrijven verkocht en ook de computerfirma was hij aan het afstoten, maar hij wilde iets nieuws gaan beginnen. Cursussen geven aan mensen in de reclamebranche. Ze vroeg het hem niet, omdat ze niet wilde dat ze hem op een idee bracht en hij toch nog wegging. Hij had een gemakkelijke stoel bij het bed gezet en zat te lezen. Dat zou hij hebben moeten doen; hij had een boek in zijn handen, maar iedere keer als ze wakker werd, zat hij naar haar te kijken. Ze vroeg zich af of hij al had gelezen of dat hij echt urenlang naar haar zat te kijken. Zoals ze zich voelde, waren er vast veel leukere dingen om te zien.

Hoofdstuk 15

Een bekend en indringend geluid wekte Eva, ze hoorde ook dat Johan zich bewoog en tegen de tijd dat ze bereid was om haar ogen te openen, was hij uit de slaapkamer verdwenen. Het geluid dat ze nog steeds hoorde, kwam van haar mobieltje ergens op de gang en ze kwam overeind. Daar had ze meteen spijt van omdat het haar weer duizelde. Met een zucht ging ze tegen het hoofdeind van het bed zitten.

'Nee, ze is niet te spreken,' hoorde ze Johan kortaf zeggen, hij stond op de gang en ze kon hem niet zien. 'Kan ik misschien een boodschap doorgeven?' Het werd even stil.

'Zoals ik je een uur geleden al heb gezegd, zal ze je bellen wanneer ze daartoe in staat is.'

'Ja, dat zou best pas volgende week kunnen zijn.'

'En wat dan nog? Als ik jou was, zou ik niet meer beginnen over het werk dat ze gisteren tot elf uur voor jou aan het doen was. Wat dat betreft heb ik nog een appeltje met je te schillen.'

Verbijsterd luisterde ze naar wat Johan zei. Uit zijn woorden begreep ze dat hij Harald aan de lijn moest hebben. Als ze ertoe in staat zou zijn geweest, was ze opgestaan om hem de telefoon uit zijn handen te grissen. Hoe kon hij het wagen zo met Harald te praten en daardoor haar toekomst op het spel te zetten?

Waarom voelde het zo goed om te horen wat Johan tegen Harald zei? Waarom was het zo heerlijk om te weten dat iemand Harald de waarheid eens vertelde? Waarom moest Johan het doen en kon ze dat niet zelf? Eigenlijk was ze niet op haar mondje gevallen.

'Gisteren was je aardiger tegen me. Weet je niet wie ik ben?'

Eva herinnerde zich de scène op kantoor, de vorige dag. Johan sprak nu precies zoals Harald dat tegen haar had gedaan, toen ze Johan niet had willen zien omdat ze geen tijd voor hem had. Ze had er geen idee van dat hij dat had kunnen horen.

'Dan zal ik je dat vertellen, ik ben Johan Heller en als je met Eva wilt praten, moet je eerst aan mij voorbij. Ik zou, als ik jou was, eerst eens een paar goede verontschuldigingen bedenken, voor je van mij ook maar een klein kansje krijgt om haar te spreken.'

Johan verbrak de verbinding. 'Idioot,' hoorde ze hem mompelen en niet veel later kwam hij de slaapkamer in. Zonder de telefoon. Zodra hij zag dat ze wakker was, keek hij haar bezorgd aan. 'Heb ik je gewekt?'

'Ik denk dat ik mijn telefoon overal doorheen hoor.' Haar stem was hees en sloeg een paar keer over.

'Niet overal, hij is al drie keer gegaan vanochtend.'

Dat verbaasde haar. Normaal werd ze van alles wakker. 'Was dat Harald?'

'Ja, de idioot,' kwam het uit de grond van zijn hart.

'Wat wilde hij?'

'Dat wilde hij me niet vertellen, maar hij begon over het werk dat blijft liggen als je niet komt. Ik wil wedden dat het over zíjn werk gaat dat blijft liggen als je niet komt.'

'Geef me de telefoon, dan bel ik hem wel even.'

'O nee, dat gaat niet door. Ik wil niet dat hij je nog gekker maakt dan je al bent en je je ook nog schuldig gaat voelen omdat je zijn werk gisteren niet hebt afgemaakt. Ik denk niet dat het nodig is dat je hem terugbelt. In ieder geval niet vandaag.'

'Johan.' Ze had hem willen bevelen om haar de telefoon te geven, maar haar toon was niet helemaal geloofwaardig, omdat er tranen in haar stem te horen waren.

'Harald is degene die de meeste schuld heeft aan jouw toestand en ik zal hem voorlopig niet bij je in de buurt laten.' Hij ging bij haar op bed zitten, maar raakte haar niet aan.

Dat was maar goed ook, ze was vreselijk boos op hem geworden en ze voelde zich liever boos dan hulpeloos.

'Wat gaat het jou eigenlijk aan?' riep ze uit, wat tot gevolg had dat op slag haar hoofdpijn weer op kwam zetten. Ze moest haar ogen sluiten om te voorkomen dat het nog erger werd.

'Het feit dat ik een vriend van je ben, dat ik me zorgen om je maak en van je hou,' verklaarde hij alsof het logisch was. Hij pakte haar hand en kneep er zacht in.

'Johan?' Ze opende haar ogen en keek hem aan. Nog nooit eerder in haar leven had iemand tegen haar gezegd dat hij van haar hield. Ze kreeg het er tegelijk warm en koud van en was zich er ineens van bewust dat hij dat de vorige avond ook tegen haar had gezegd.

'Ik weet dat ik je dat misschien nog niet had moeten zeggen, maar het is niet anders. Ik hou van je, Eva, en ik vind het vreselijk om te zien dat je ongelukkig bent.'

Ze slikte een brok in haar keel weg. 'Ik ben niet ongelukkig, ik ben alleen een beetje ziek.'

'Iets in jouw relatie met die Harald maakt je ongelukkig, anders was dit helemaal niet zo hoog opgelopen.' Teder streelde hij haar wang. 'Er is iets in je dat ongelukkig en bang is, lieveling.'

Bij zijn woorden barstte ze in tranen uit en als vanzelf kroop ze in zijn armen. Ze was boos op zichzelf omdat er van haar gelijkmatige humeur niets meer over was sinds ze hem kende, maar in zijn armen leek alles een stuk beter te zijn. Zelfs haar hoofdpijn leek minder te worden. In zijn armen voelde ze zich niet meer alleen, dan was ze niet meer bang om te mislukken, omdat het bij hem niet uitmaakte of ze in staat was de onmogelijkste wensen van de klanten in vervulling te laten gaan. Het maakte dan niet uit of ze in staat was een vergadering te leiden, contracten binnen te halen en gigantische feesten te organiseren. Zolang ze bij hem was maakte het niet uit dat Harald alles deed om haar tegen te werken, omdat hij het niet kon hebben dat een vrouw dezelfde functie had als hij. Dat een vrouw op kantoor meer kon dan koffiezetten en de telefoon bedienen. Inmiddels meende ze dat dat Haralds eigenlijke probleem was.

Haar leven zou een stuk eenvoudiger zijn als ze dat in Johans armen zou kunnen doorbrengen. Die vreemde gedachte gooide ze maar op die pillen, vermoedelijk zaten er nog wat restjes van in haar hersenen.

Hoofdstuk 16

'Heb je een sigaret voor me?'

'Een sigaret?' Johan keek haar aan alsof ze iets heel erg schunnigs gezegd had, toen verscheen er in zijn ogen iets dat het midden hield tussen bezorgdheid en een glimlach.

'Ja, een sigaret, je weet vast wel wat dat is.'

'Ja, ik weet wat dat is maar nu heb ik er geen voor je.' Hij streelde haar wang, haar kribbige toon leek hem niet erg te storen.

'Er zit vast wel een pakje in mijn tas,' ging Eva verder. Het irriteerde haar mateloos dat hij niet deed, wat ze zei.

'Vast wel.'

'Ga er een halen, ik snak naar zo'n ding,' beval ze hem nu.

Johan schudde beslist zijn hoofd. 'Nee. Ik wil niet dat je in de slaapkamer rookt.'

'Dan sta ik op en ga ik naar buiten,' zei ze koppig terwijl ze naar de andere kant van het bed schoof. De kant die het dichtst bij het balkon was. Op het moment dat ze opstond, duizelde het haar echter zo dat ze zich weer op het bed moest laten zakken. Inwendig vloekte ze.

'Ik geloof niet dat het verstandig is als je een sigaret opsteekt,' hoorde ze Johan zeggen. Hij klonk nogal geamuseerd en stond nog op dezelfde plek als toen ze hem had bevolen een sigaret voor haar te gaan halen. Alsof hij had geweten wat er zou gebeuren.

'Het eerste wat ik op een dag doe is een sigaret opsteken.' Haar woorden klonken zwak. Ze was nu twee dagen bij Johan en had nog geen sigaret gezien. Hoewel ze zich eerst te beroerd had gevoeld om eraan te denken, begon ze er nu toch echt weer naar te snakken.

'Dan drink je een kop koffie, of twee of drie, dan slik je nog zo'n pil erachteraan en de dag kan beginnen,' ging hij voor haar verder. Het klonk cynischer dan ze hem ooit eerder had gehoord en ze draaide zich naar hem om. 'Dan ga je naar je werk. Voor je naar binnengaat, steek je nog snel een sigaret op. Het eerste wat je eenmaal binnen doet, is weer koffie zetten, je gaat het antwoordapparaat afluisteren en je begint aan de post, of uit te zoeken wat je voor die dag allemaal voor belangrijks in je agenda hebt staan. Tegen de tijd dat het middag is, heb je een kan koffie leeggedronken en een half pakje sigaretten gerookt. Tenzij je een of andere lunch met een klant hebt, eet je niets en dan verbaas je je erover dat het tegen drie uur allemaal wel heel erg moeilijk gaat lopen en je nog zo'n pil moet slikken, om wat je die dag allemaal nog wilt doen af te krijgen. Misschien dat iemand van kantoor – Alina waarschijnlijk – eraan denkt om in de middagpauze iets te eten voor je mee te nemen, zodat je nog net niet helemaal verhongert.' Hij haalde een keer diep adem. 'Zo loopt het toch ongeveer?' Het cynisme was uit zijn stem verdwenen en had plaats gemaakt voor grote bezorgdheid.

Ze stelde vast dat hij gelijk had, ze had het nog nooit zo ingezien, maar zo verliepen de laatste paar weken, nee maanden, haar dagen. Ze rookte zich suf, dronk alleen maar koffie en dan die pillen waar ze een poosje geleden aan was begonnen. 'Je hebt alleen de vitaminepillen van 's morgens over het hoofd gezien.' Ze probeerde te glimlachen maar het lukte niet. 'Hoe komt het dat je zo goed weet hoe het loopt?' vroeg ze hem.

Johan liep om het bed heen en ging naast haar zitten. 'Ik denk dat ik je de laatste weken toch wel goed heb leren kennen. Als je

hier bent in het weekend, heb je bijna een hele dag nodig voor je
je kunt ontspannen. Je rookt ook dan erg veel en als je geen koffie drinkt, ga je wel aan de cola.' Hij aarzelde een moment voor
hij verder sprak. 'Ik weet het ook omdat het met mij niet zoveel
anders is gegaan.'

'Jou?' In vergelijking met haar was hij een absolute gezondheids-
freak. Ze had hem nog nooit zien roken en hij at normaal, in ieder
geval als ze samen waren. Dat waren de laatste weken ook de
enige keren geweest die zij normaal had gegeten.

'Ja. Ik was altijd al druk bezig, maar ik kreeg het steeds drukker
en uiteindelijk ben ik ook begonnen met behalve de liters koffie
op een dag, de rest van mijn voeding te baseren op vitaminepillen. Uiteindelijk hielp ook dat niet en begon ik aan de peppillen.
Ongeveer net zoals jij, het ging heel langzaam. Ik heb alleen een
stuk langer nodig gehad om daar vanaf te komen, omdat het niemand is opgevallen, tot het bijna te laat was. Ik kreeg een auto-
ongeluk, waar gelukkig verder niemand bij betrokken was, maar
ik was zwaargewond en lag anderhalve maand in het ziekenhuis.
Bovendien werd mijn rijbewijs afgenomen wegens rijden onder
invloed. Ik had er nog een halve fles whisky achteraan gekiept. Ik
had twee jaar geen rijbewijs. Het heeft me bijna mijn bedrijf gekost en ik wil niet dat het met jou net zo gaat. Het helpt allemaal
niets. Je kunt op een dag niet meer doen dan je best en er gaan
echt niet meer uren in een werkdag zitten als je jezelf volgooit
met pillen. Ook ga je er niet sneller van werken.' Hij streelde haar
gezicht. 'Ik weet dat het in het begin helpt, maar na een poosje
heb je steeds meer pillen nodig om er iets van te merken tot je bedenkt dat je zonder die dingen helemaal niet meer kunt werken,

dat je zelfs niet meer kunt opstaan zonder een paar van die pillen geslikt te hebben. Dat je zelfs een weekend, een vrije dag, zonder die dingen niet meer doorkomt.'

'Zover ben ik nog niet. Ik nam er niet zo veel.' De gedachte dat hij zwaar gewond in het ziekenhuis had gelegen had haar zo aangegrepen dat ze bijna weer in tranen uitbarstte.

'Dat weet ik, schat, maar ik wil niet dat het zover komt. Ik wil wedden dat je baas daar net zo over denkt.'

'Je kunt me niet dwingen om op te houden met roken,' protesteerde ze koppig. Het irriteerde haar toch al enorm dat ze dat nu in haar eigen kantoor ook niet meer mocht. En ze nogal eens samen met haar baas buiten stond en in die tijd dus niet kon werken. Ze zou nu niet toegeven dat ze er al eens over had nagedacht om ermee te stoppen.

'Dat weet ik, dat ben ik ook niet van plan. Je moet het zelf weten. Alleen wilde ik je er op wijzen dat je lichaam niet in staat lijkt te zijn om je van het bed, naar het balkon te helpen voor een sigaret. Ik vraag me gewoon af of het echt nodig is om er een op te steken.'

Ze keek hem aan en ze zag in zijn ogen dat hij haar een sigaret zou brengen als ze dat nog steeds zou willen, toch besloot ze om weer een poosje te gaan liggen. Een uurtje zou ze het misschien nog wel uithouden. Het was misschien een goede gelegenheid om eraan te wennen een stuk minder sigaretten op te steken.

Later die middag kwam Jürgen langs.

'Hoi, Eva.' Hij glimlachte naar haar. 'Hoe is het?'

'Hallo, Jürgen,' Nu herkende ze hem meteen als de man waarmee Johan tennis speelde. Ze hadden elkaar in de fitnessstudio al een paar keer ontmoet. Meestal was hij na het tennissen meteen naar huis gegaan en was zij met Johan aan de praat geraakt. 'Wel goed, hoor.'

'Wat betekent "wel goed, hoor"?' Hij zette zijn koffertje neer en haalde er een bloeddrukmeter uit.

'Dat ik me redelijk fit voel,' was haar antwoord. In vergelijking met een paar dagen daarvoor, voelde ze zich zo gezond als een vis. Jürgen knikte. 'Je ziet er gelukkig weer een stuk beter uit.'

'Wanneer kan ik aan het werk?'

Jürgen trok een wenkbrauw op. 'Grappig. Johan vertelde me al dat dat waarschijnlijk de eerste vraag zou zijn die ik te horen zou krijgen.'

'En? Wanneer?' Er was niets grappigs aan. Misschien was ze zelfs nooit eerder zo serieus geweest.

'Deze week in ieder geval niet. Volgende week zien we wel verder.' Hij keek haar onderzoekend aan.

'Dat zeg je alleen omdat Johan dat wil.' Ze was teleurgesteld over zijn antwoord. Misschien zou ze vandaag nog niet aan het werk hebben gekund, maar morgen, of op zijn laatst overmorgen moest ze toch onderhand weer aan de slag.

'Nee, natuurlijk niet. Ik zeg dat omdat ik van mening ben dat je nog een beetje tijd nodig hebt om te herstellen. Ik ben niet alleen een vriend van Johan, ik ben ook arts. Ik weet wat ik zeg en ik meen het overigens ook.' Hij glimlachte. 'Je hoeft helemaal niets te doen. Johan zal wel voor je zorgen. Gun jezelf nog een beetje tijd. Daar ben je echt hard aan toe.'

Er zat niet zoveel anders op dan zich in haar lot te schikken.

Hoofdstuk 17

'Wat heb jij met die Heller?' Harald ging op haar bureau zitten, nadat ze de telefoon na een gesprekje met Johan had neergelegd. 'Hij is een vriend van me. Niet dat het je iets aangaat.' Zodra Eva weer op kantoor was verschenen, was Harald ook meteen weer begonnen met zijn pesterijen. Nu nog openlijker dan voor ze ziek was geworden.

Een paar keer was ze van plan geweest om haar baas te vertellen wat er aan de hand was, maar ze had het niet gekund. Ze moest toch in staat zijn haar eigen problemen op te lossen. Dat Johan het voor haar had moeten opnemen, was al erg genoeg.

'Een vriend? Je minnaar zal je bedoelen. Probeer je nu op die manier hogerop te komen?' Harald leek zich niet te interesseren voor wat ze had gezegd. 'Is dít bedrijf,' hij spreidde zijn armen uit, 'plotseling niet meer groot genoeg voor je?'

'Ik probeer alleen maar mijn werk af te krijgen, dus als je me nu met rust wilt laten, kan ik weer verder.' Johan was haar vriend en haar minnaar. Dat was geen geheim, maar zoals Harald het had gezegd had het geklonken alsof het iets was waarvoor ze zich moest schamen. Natuurlijk hoefde ze zich er helemaal niets van aan te trekken; hij zei het alleen maar om haar te treiteren.

'Harald, er is telefoon voor je.' Alina kwam gelukkig tussenbeiden.

Dankbaar glimlachte ze naar haar collega, het was niet de eerste keer dat ze haar van Harald was komen redden. Zonder Alina zou ze waarschijnlijk nergens zijn geweest. Na haar twee weken ziek zijn, had ze vastgesteld dat Alina zoveel mogelijk had gedaan van haar werk, naast dat van haarzelf. Dat van Harald had ze links laten liggen. Blijkbaar was Alina heel goed op de hoogte van wat er zich tussen Harald en haar afspeelde en stond ze aan haar kant.

'Ja?' Afwezig nam ze de telefoon aan, intussen nog snel iets opschrijvend.

'Met mij,' hoorde ze Johan zeggen, waarop meteen haar hart op hol sloeg.

Automatisch keek ze op de klok. Halfacht. Normaal gesproken zou ze in de fitnessstudio zijn om hem te ontmoeten. Ze was van plan geweest hem te bellen en hem op de hoogte te brengen van haar besluit dit weekend niet met hem door te brengen. Maar zodra ze thuis was gekomen, was ze meteen weer aan het werk gegaan.

'Is alles goed met je?'

'Ja, eh, sorry dat ik je niet heb gebeld, ik had niet door dat het alweer zo laat was, maar ik kan dit weekend niet komen,' vertelde ze hem aarzelend. Ze hoopte dat haar hart iets minder hard zou bonzen en dat hij niet zou horen dat ze teleurgesteld was, vooral in het besluit dat ze zelf genomen had. Ze wilde naar hem toe, ze miste hem als ze niet bij hem was. Het was juist zo heerlijk om na een hectische week een paar dagen met hem door te brengen.

'Wat is er, schat? Waarom kom je niet?'

De vraag vond ze niet helemaal eerlijk, hij wist het antwoord best. 'Ik heb maandag een belangrijke vergadering en ik moet nog erg veel regelen.'

'Daarom wil je helemaal geen tijd met me doorbrengen?' De teleurstelling in zijn stem was in ieder geval wel heel duidelijk te horen.

'Dat lijkt me gewoon beter,' zei ze, nadat ze haar keel had geschraapt.

'Je kunt ook hier aan je vergadering werken. Je hebt een heel kantoor tot je beschikking.'

'Johan, ik dacht dat tenminste jíj wel zou begrijpen hoe belangrijk mijn werk voor me is,' viel ze een stuk kribbiger uit dan nodig was.

'Schat, dat begrijp ik ook en dat weet je best.' Hij zuchtte. 'Ik zal je echt wel een paar uur met rust kunnen laten. Als je nu begint om weekenden af te zeggen, gaat het weer van voren af aan beginnen.'

'Johan...' ze wilde weer protesteren

'Ik kom je over een halfuurtje halen.'

Eva protesteerde, maar had al snel door dat hij de verbinding had verbroken.

Zijn komst wachtte ze met een mengeling van verlangen en boosheid af. Hij had het weer gedaan, hij had haar weer geen keus gelaten. Ze zocht al de spullen die ze nodig had bij elkaar en pakte een tas voor het weekend. Ze kon alleen maar hopen dat ze genoeg tijd zou krijgen om de vergadering voor te bereiden. Vermoedelijk zou hij haar die tijd geven, of zij die zou nemen was de vraag die haar nogal bezighield.

Op het moment dat de bel ging, was ze blijer dan boos, toch ging ze met gemengde gevoelens opendoen. 'Johan, ik weet niet of het zo'n goed idee is.'

'Ik weet het wel.' Hij lachte, liep naar binnen en omhelsde haar stevig. 'Ik heb je gemist, liefste. De hele week heb ik er alleen maar aan gedacht dat ik je dit weekend weer zou zien...'

'Omdat jij niets anders te doen hebt,' viel ze hem bot in de rede. Hij grijnsde en drukte een lange tedere kus op haar mond, waardoor ze meteen naar meer begon te verlangen. Hij onderbrak de kus echter ook weer. 'Laten we gaan.' Hij keek haar aan en het was duidelijk aan hem te zien dat hij wist wat er door haar heenging. 'Heb je een tas ingepakt?' Hij liet haar los.

Ze haalde haar schouders op en tegelijkertijd knikte ze. Als ze echt niet had gewild, zou ze dat in ieder geval niet hebben gedaan. Daarmee had ze zichzelf verraden. Nog snel keek ze na of ze alle papieren die ze nodig had, ook had ingepakt en met steeds minder tegenzin, begon ze met hem mee te lopen. Even overwoog ze met haar auto achter hem aan te rijden, omdat ze dan weg kon gaan als bleek dat ze tijd tekort kwam, maar ze deed het niet. Hij had beloofd haar de tijd te geven en tot nu toe had hij geen enkele belofte verbroken, of iets gedaan wat echt tegen haar wil was.

'Is echt alles goed met je?' vroeg hij haar toen ze zijn kantoor binnenliepen. Hij hield haar staande en liet langzaam zijn vingers over haar voorhoofd gaan. 'Je ziet weer zo bleek.'

'Het gaat prima met me.' Ze dacht echter de hele tijd aan de vergadering die ze moest voorbereiden. 'Ik heb alleen nog veel te doen.'

'Je bent ieder weekend zo enorm gespannen als je hier komt. Je bent nog steeds niet helemaal de oude en ik wil niet dat het weer misgaat.' Johan zette haar computer op zijn bureau, haar aktetas ernaast en hij sloeg een arm om haar schouders heen om haar het kantoor uit te leiden.

'Johan, ik moet...'

'Nee, nog niet. Vanavond niet meer. Morgen laat ik je met rust, maar vanavond zal ik voor je zorgen, zodat je morgen ook in staat bent om te werken. Ik wil wedden dat je nog niets hebt gegeten, bovendien heb ik de sauna aangezet.' Hij hielp haar uit haar jas, gooide die over een stoel en leidde haar naar de eetkamer. De tafel was gedekt en toen ze het gekruide vlees rook, realiseerde ze zich pas dat ze echt honger had. Hij schoof een stoel voor haar naar achteren en ze ging zitten.

'Wat wil je er bij drinken?'

'Cola graag.' Ze moest niet vergeten dat ze...

'...champagne koud staan,' onderbrak Johan haar gedachten

Ze keek op, ze had alleen het woord champagne maar verstaan.

'Nee, ik hoef geen champagne, ik moet zien dat ik nuchter blijf.'

Ze zag dat Johan knikte. 'Oké, een glas cola dan.' Hij haalde zijn schouders op en verdween naar de keuken. Het duurde niet lang voor hij terug was met een fles en een longdrinkglas. 'Ik heb alleen deze fles, daar moet je het hele weekend mee doen.' Hij begon het glas vol te schenken.

'Met één fles?' riep ze verontwaardigd uit.

'Ja, ik heb mineraalwater, sinaasappelsap en thee genoeg in huis. Het is niet zo dat je hoeft om te komen van de dorst,' reageerde hij alsof haar reacties niet erg overdreven was.

'En heerst er dit weekend een koffieverbod?' vroeg ze kribbig, terwijl ze toekeek hoe hij de dop weer op de fles draaide en de fles op een bijzettafeltje zette.

'Nee, natuurlijk niet. Ik heb gewoon niet meer cola in huis. Als je echt niet zonder kunt, kunnen we morgen wel boodschappen gaan doen.' Hij sloeg zijn armen om haar heen en kuste haar in haar hals.

Ze liet zich tegen hem aanzakken en wist dat ze zich inderdaad een beetje moest proberen te ontspannen. Het was toch heerlijk om bij hem te zijn en zijn armen om zich heen te voelen.

Eva begreep het niet. Ze moest iets zijn vergeten, dat ze nu al alles had doorgenomen en opgeschreven wat belangrijk was. Ze bladerde nog eens door haar papieren, maar kon niets vinden wat ze over het hoofd had gezien. Bijna drie uur was ze eraan bezig geweest, maar het was nu echt af. Ze stopte haar map in haar tas, schakelde de computer uit, stond op en rekte zich een keer uit. Ze was ook niet zo moe als ze anders was na de voorbereiding van zo'n project en de daarbij behorende vergadering. Als ze iets vergeten was zou haar dat misschien – hopelijk – nog op tijd te binnen schieten. Ze sloot het kantoor af en liep door de grote hal naar de woonkamer. Er klonk zachte pianomuziek en ze kon door de open deur de gloed van het open haardvuur zien. Ze liep de kamer binnen en bleef in de deuropening naar Johan staan kijken. Het haar tot voor kort zo onbekende gevoel van tederheid borrelde bij haar op, dat gebeurde erg vaak als ze naar hem keek. Soms maakte dat gevoel haar een beetje nerveus, maar nu vond ze het prettig.

Johan zat in zijn lievelingsstoel een dik boek te lezen. Hij had haar verteld dat hij jarenlang geen boek had aangeraakt, gewoon omdat hij er geen tijd voor had genomen. Inmiddels las hij alles wat los en vast zat. Ze wist niet of ze geluid had gemaakt of dat hij haar had gezien, maar hij keek naar haar op en glimlachte.

'Hallo, liefste.' Hij legde zijn boek naast zijn stoel op het bijzettafeltje neer en strekte zijn hand naar haar uit. 'Hoe loopt het allemaal?'

'Goed. Ik denk dat ik klaar ben.' De verbazing was duidelijk in haar stem te horen. 'Ik kan me niet voorstellen dat ik echt zo snel klaar ben, normaal heb ik veel meer tijd nodig.'

Ze liep naar hem toe en ging voor zijn stoel op de grond zitten. 'Ik heb een beetje het gevoel dat ik iets vergeten ben. Dat ik het onmogelijk zo snel af kan hebben.' Ze haalde haar schouders op. 'Misschien schiet het me nog te binnen.'

'Misschien heb je gewoon minder tijd nodig gehad omdat je je gisteravond hebt ontspannen, omdat je de tijd hebt genomen om ook eens aan iets anders te denken dan je werk.'

Denken was niet echt wat ze deed als ze bij Johan in de buurt was en ook de vorige avond was daarop geen uitzondering geweest. 'Dat klinkt net alsof ik steeds alleen maar gespannen, nerveus en gestrest ben,' ging ze daaropin.

'Op een gegeven moment merk je dat zelf niet meer, Eva. Dan is het voor je eigen gevoel allemaal heel erg normaal. In ieder geval was dat het aan het worden. Je hebt niet eens gemerkt dat je hard bezig was een burn-out te krijgen.' Hij begon haar nek en schouders te masseren en het duurde niet lang voordat ze de spanning, die ze had opgelopen tijdens het werken, weer kwijt was.

Ze zat alweer zo vast in het schema van haar werk en alles wat ze moest doen of af moest hebben, dat ze aan alles door elkaar dacht en daardoor voor alles veel meer tijd nodig had. Maar nu had ze de vergadering voorbereid en kon ze de rest van het weekend heerlijk aan Johan besteden. Hij had gelijk, ze was nog steeds niet helemaal de oude. Ze was nog steeds snel moe en dingen waren haar gewoon snel te veel; om het minste of geringste barstte ze in tranen uit en dat terwijl ze eigenlijk nooit had gehuild. Ze verdroeg geen kritiek meer en ze had zelfs bedacht dat ze er graag een poosje tussenuit wilde. Ze had zich nooit erg druk gemaakt om zoiets als vakantie, pauze, of stoppen. Als ze al eens een paar vrije dagen had genomen, was ze meestal naar een cursus gegaan en tijdens verplichte vakanties zoals Kerst en Pasen nam ze altijd zoveel werk mee naar huis dat ze zich niet al te erg zou vervelen. Weggeweest was ze nog nooit. Privé, alleen. Ze was voor de zaak een paar keer in het buitenland geweest om locaties voor feesten te bekijken en had dat min of meer als vakantie beschouwd. Maar de laatste paar weken was al een aantal keren in haar opgekomen dat ze er misschien eens echt tussenuit zou kunnen gaan. Gewoon weg. Ergens heen waar niemand iets met haar werk te maken had. Het liefst samen met Johan, maar vooral ver weg van Harald. Ze was nogal geschrokken van het idee en ze vroeg zich af wat deze verandering in haar had veroorzaakt. Waarschijnlijk Johan. Tussen aan vakantie denken en een vakantie boeken zat nog een heel verschil en dat had ze nog niet gedaan, was ze voorlopig ook niet van plan. Ze had geen tijd om een paar dagen weg te gaan en de boel de boel te laten. Vooral niet nu ze ziek was geweest. Tijdens die verplichte rustperiode had ze wel tijd gehad om na te denken over wat er zo belangrijk was aan carrière maken. Het geld – eigenlijk haar grootste motivatie – leek steeds minder belangrijk te worden. Het geld dat ze op de bank had, werd steeds meer, maar ze had geen tijd of geen zin om het uit te geven. Toen ze haar auto had gekocht – wat natuurlijk toch een behoorlijk gat in haar spaarrekening had geslagen – had ze verwacht dat ze nu eindelijk had waar ze al die jaren naar had verlangd. Maar het was niet zo bevredigend om in de spiksplinternieuwe cabriolet door de wereld te rijden als ze zich had voorgesteld. Wat dat betrof voelde het autorijden niet anders dan het had gedaan in haar oude golfje. Oké, het was een beetje luxer en de mensen keken haar eerder na als ze voorbij reed, maar het deed haar verrassend weinig.

Ook het werk zelf: Harald verpestte de sfeer op kantoor zo, dat ze er zelfs steeds meer tegenop zag ernaartoe te gaan en eigenlijk was ze een beetje bezig om de strijd op te geven. Gewoon omdat ze het niet meer aankon. Er waren dagen dat haar de promotie helemaal niets meer kon schelen. Wat maakte het uit of ze *Event Manager* was of *Event Director*? Het werk zou waarschijnlijk niet zoveel verschillen, het zou hoogstens meer worden, vooral het werk op kantoor. Haar salaris zou meer worden en dat was natuurlijk een fijn voordeel, maar ze kon zich nu al niet over haar salaris beklagen. Hoewel ze er nog steeds van overtuigd was dat ze beter was dan Harald, zou ze hem die promotie laten als Stuart dat zo zou beslissen. Maar als hij die promotie zou krijgen, zou ze weggaan en een andere baan zoeken. Met hem zou ze niet kunnen werken als hij boven haar stond, dan zou hij helemaal onuitstaanbaar worden.

Haar baan betekende voor haar ook veel omdat ze daarmee kon bewijzen, dat ze onafhankelijk was en best in staat was om zich alleen te redden. Wie moest ze dat bewijzen? Ze was echt alleen sinds haar zestiende, dat ze het tot nu had overleefd, bewees dat ze onafhankelijk was. Haar werk was zelfs niet eens zo belangrijk dat de mensheid er iets aan had. Alleen de mensen die het zich konden veroorloven huurden het bedrijf in. Alle andere mensen organiseerden hun feestjes gewoon zelf. Bovendien had ze ontdekt dat Alina het helemaal niet slecht had gedaan toen ze ziek was geweest. Eigenlijk kon ze er net zo goed mee ophouden, een baantje aan de kassa van een Albert Heijn nemen en de rest van haar tijd met Johan doorbrengen.

Oké, ze moest toegeven dat ze het een enige baan vond, ze vond het heerlijk om voor iedereen alles te regelen en te proberen het onmogelijke voor elkaar te krijgen. Maar misschien had Johan gelijk en overdreef ze het een klein beetje. Gelukkig hoefde ze er nu niet meer aan te denken; ze had haar werk af.

Hoofdstuk 18

'Je hebt vast nog niet eerder zo'n vreselijke idioot gezien,' zei Eva een beetje moedeloos, toen ze na het zoveelste telefoontje en een spoedvergadering toch nog bij Johan was aangekomen. Ze had eigenlijk hun weekend willen afzeggen maar hij had het weer niet toegelaten.

Johan glimlachte echter. 'Schat, ik heb al veel idioten gezien. Het valt best mee met je. Ik ben blij dat je er bent.' Hij trok haar in zijn armen en hield haar stevig vast. Net zoals altijd was het heerlijk om zo dicht bij hem te zijn. Dan voelde ze alle spanningen van zich afglijden en kon ze de rest vergeten.

Blijkbaar had hij daar nu meer moeite mee, toen hij haar aankeek, was hij zeer ernstig. 'Ik begrijp alleen niet waarom je zo vreselijk bang bent om je aan iemand te binden.'

'Zo erg is dat nou ook weer niet,' reageerde ze een beetje verontwaardigd, tenslotte stonden ze nu dicht tegen elkaar aan.

'Zo erg is het wel. Het enige waar je helemaal voor gaat is je werk, al het andere houd je op afstand. Niet alleen mij, zelfs Minh en ook je collega's. Ik heb het gevoel dat ik je er ieder weekend weer van moet overtuigen dat ik echt graag bij je ben, dat je veel voor me betekent en ik bereid ben om jouw tempo aan te nemen. Maar wat je aankunt lijkt steeds minder te worden.' Hij streelde haar hand. 'Ik ga alleen steeds meer van je houden.'

Haar hart leek een paar slagen over te slaan. Hij had dat eerder tegen haar gezegd, maar die woorden, hoe fijn ze ook klonken, zorgden ervoor dat nu het klamme zweet haar uitbrak.

Johan was de eerste die sprak toen ze niet op zijn woorden reageerde. 'Ik weet niet precies wat ik moet doen om je te bewijzen dat ik het serieus met je meen. Dat ik verder met je wil. Voor altijd. Ik hou van je, Eva. Zou je met me willen trouwen?'

De vraag kwam zo onverwacht, dat ze een moment niets wist te zeggen. Ze staarde hem aan en bedacht dat ze hem onmogelijk goed kon hebben begrepen.

'Als je met me trouwt kunnen we altijd samen zijn, dan is dit je thuis en als je niet meer wilt, hoef je nooit meer te werken.' Hij streelde haar gezicht, toen hij vaststelde dat ze echt niets zou gaan zeggen.

Dat hij over haar werk begon, maakte dat ze weer een beetje tot zichzelf kwam en nadat ze een keer haar keel had geschraapt, lukte het haar om te praten, kwam er zelfs een stortvloed van woorden. 'Het gaat er toch niet om of ik móet werken of niet. Ik doe het graag, ik heb een heerlijke job, als Harald me niet in de weg zit, en ik wil graag carrière maken. Die promotie zit eraan te komen en ik wil die baan. Dat jij plotseling hebt ingezien dat het leven saai is als je alleen maar aan het werk bent, wil nog niet zeggen dat ik er hetzelfde over denk. Ik wil niet zomaar ophouden met werken!'

'Eva, dat weet ik wel.' Hij keek haar aan en ze ontdekte de teleurstelling in zijn ogen. 'Ik snap best dat je niet wilt stoppen met werken, en misschien neem ik een beetje teveel aan dat jij minder wilt gaan doen, als je daar de kans voor krijgt. Dat spijt me.' Hij haalde diep adem. 'Maar je hebt mijn vraag niet beantwoord. Je bent meteen begonnen met problemen te maken vanwege je werk. Maar eigenlijk vond ik mijn vraag veel belangrijker. Ik denk dat wanneer we het daar over eens zijn, we het over je werk of wat dan ook, wel eens zullen worden.'

Ze begreep een moment niet waar hij het over had. Toen realiseerde ze zich met een schok dat hij haar ten huwelijk had gevraagd en ze daar niet eens op had gereageerd. 'Johan...'

'Eva, ik hou van je en ik meen het dat ik altijd bij je wil zijn. Ik heb je nodig in mijn leven.' Hij streek een pluk haar achter haar oor. 'Ik weet dat trouwen niet in je plannen past en trouwen met mij al helemaal niet, maar ik hou van je. Ik wil niet meer een of andere lat-relatie in het weekend met je. Ik wil je helemaal en voor altijd.'

'Johan.' Ze klonk een beetje schor. 'Ik had er niet op gerekend dat je me ooit ten huwelijk zou vragen.' Nog niet eerder had ze daar zelfs maar over nagedacht. Als ze aan hun relatie dacht, dacht ze aan warmte, aan seks, aan gezelligheid, aan relaxen. Nog nooit eerder had ze aan trouwen – voor altijd – gedacht. Het had haar al overwinning gekost om hun vuurwerk als relatie te zien, maar die hadden ze natuurlijk al lang, dat wist ze ook wel.

'Dat zal ook wel niet. Misschien had ik het ook niet moeten doen, niet nu. Ik was ook nog niet van plan om je te vragen, hoewel ik al een poosje weet wat ik voor je voel. Ik kon alleen aan niets anders meer denken.' Hij stopte en haalde zijn schouders op.

Haar hart ging wild tekeer en ze knikte langzaam. 'Misschien is het te snel. Ik weet het niet, Johan.' Ze haalde een keer diep adem. Ze was teleurgesteld over haar eigen antwoord en wist helemaal niet wat ze met de situatie aan moest. 'Ik zou om te beginnen bij je kunnen intrekken,' zei ze op zachte toon. 'Of jij bij mij.' Ze grijnsde bij die woorden en hoopte dat daardoor de situatie iets minder gespannen zou worden. In de maanden die ze samen waren, waren ze nog niet echt vaak in haar flatje geweest. 'Het is ook niet zo dat ik niet graag bij je ben. Ik kan me mijn leven zonder jou niet meer voorstellen.' Ze schudde haar hoofd en probeerde een goede reden te vinden waarom ze "nee" zou zeggen. 'Eigenlijk schiet me geen enkele reden te binnen waarom we niet zouden trouwen. Waarom ik wel bij je in zou trekken maar niet met je zou trouwen.' Ze keek hem aan en het viel haar op hoe enorm gespannen hij was en voor het eerst was ze zich ervan bewust, dat ze zijn hart kon breken. 'Misschien ben ik een beetje bang dat ik te afhankelijk van je word. Ik wil niet ophouden met werken om dan jouw huisvrouw te worden.'

'Ehm... Eva. Ik heb het altijd gered zonder dat ik met de vrouw die mijn huishouden regelt getrouwd was. Mevrouw Mertens kan echt wel blijven, ik zal je niet dwingen om huisvrouw te worden.' Hij kreeg het ondanks de spanning toch voor elkaar om te lachen. Ze kende Mevrouw Mertens inmiddels; ze was een aardige vrouw van bijna zestig. Ze woonde niet ver bij Johan vandaan en ze deed zijn huishouden en de boodschappen, maakte schoon en kookte regelmatig voor hem, zodat hij de maaltijden alleen hoefde te ontdooien en warm te maken. Ze kon heerlijk koken dat wist ze inmiddels ook. Haar man deed de tuin. Het paard in de stallen was van Merel, hun volwassen dochter.

'Ik vind het erg moeilijk om toe te geven dat ik je nodig heb in mijn leven, maar ik geloof wel dat het zo is.'

Hij knikte instemmend en ontspande zich een beetje.

'Ik denk dat ik toch van je ben gaan houden, Johan.' Ze haalde haar schouders op, daarna knikte ze. 'Ik wil wel met je trouwen.' Johan staarde haar een moment aan alsof hij verwachtte dat ze meteen weer van gedachte zou veranderen. Toen ze dat niet deed trok hij haar in zijn armen.

Hoofdstuk 19

Van de stapel catalogi, pakte ze de twee bovenste met trouwjurken. Eva had een kwartier pauze voor de volgende klant kwam en ze besloot eens in die boeken te kijken. Nooit eerder had ze daar voor zichzelf in gekeken. Ze bekeek ze altijd pas als ze een bruid had gezien en ze ging dan meestal met de bruid op zoek. Overigens had ze ontdekt dat de meeste vrouwen ongeveer wel wisten waar ze naar op zoek waren. Zij alleen niet, ze had geen idee. Zelfs nu ze "ja" had gezegd vond ze het allemaal nog een beetje onwerkelijk.

Doelloos bladerde ze de catalogus door. Er stonden veel mooie jurken in, maar ze kon er zichzelf onmogelijk in een daarvan voorstellen. Het was zelfs moeilijk voor haar om zichzelf als bruid te zien en dat was iets waar ze zich zorgen om maakte.

'Hoi, Eva.' Met een zakje van de bakker kwam Alina haar kantoor binnen. 'Ik heb croissantjes voor je meegebracht.'

Dankbaar glimlachte ze naar haar collega en ze wilde de boeken weer wegleggen. Nieuwsgierig als altijd keek Alina echter al over haar schouder mee.

'Zoek je iets speciaals? Ik dacht dat Erica de Zwart haar jurk al had uitgezocht. Is ze van gedachte veranderd?' Alina legde de croissantjes op een bordje en schonk een kopje thee voor haar in.

'Dat klopt ook.' Ze pakte een van de croissantjes met sla, kaas en tomaat van het bordje, erg blij dat Alina haar collega was. Zelf had ze natuurlijk weer helemaal niet aan eten gedacht. 'Ik kijk gewoon zomaar even. Ik had een paar minuten over.'

'Jij kijkt gewoon zomaar even? Je bedoelt dat je voor jezelf kijkt?'

Alina probeerde geschokt te klinken, maar haar ogen lachten vrolijk.

Eva haalde haar schouders op en voelde zich nogal betrapt. Alina leek het niet te merken en ging naast haar zitten.

'Ik heb hier een jurk gezien die perfect voor je is.' Alina pakte doelbewust een van de boeken uit de stapel en begon te bladeren.

Eva keek verbaasd naar de bezigheden van haar collega. 'Heb je dit boek doorgekeken met mij in gedachten?'

'Ja, sinds ik van je relatie met Johan weet, sinds ik jullie samen heb gezien, is me een paar keer iets leuks voor je opgevallen.' Alina ging onverstoorbaar door met bladeren. 'Vind je deze jurk niet mooi?' Alina legde het boek met de foto naar haar toe. 'Volgens mij zal dit je best staan. Niet zo'n hele wijde, ook niet zo spierwit. Dat kant lijkt me wel iets voor jou, zo lekker romantisch.'

Romantisch?

Echt iets voor haar?

Alina had waarschijnlijk teveel van die romantische pocketboekjes gelezen, die ze weleens op haar bureau had zien liggen. Toch bekeek Eva de foto geïnteresseerd. De jurk was strak en recht. Eigenlijk een eenvoudige jurk, als hij niet van kant zou zijn geweest, de rok hield net onder de knie op. Ze moest bekennen dat het een mooie jurk was en ze vroeg zich even af wat Johan ervan zou vinden.

Misschien kon ze Minh vragen om een jurk voor haar te ontwerpen. Dat zou dan vermoedelijk wel een beetje extravaganter worden dan wat in de catalogus stond, maar haar andere jurk was ook prachtig geweest en ze had zich er prettig in gevoeld. Toen ze eraan dacht wat er in de tuin op de party van Carola was gebeurd, kleurde ze weer en besloot ze dat een jurk van Minh te gevaarlijk zou zijn.

'Zal ik nadere informatie aanvragen bij die firma?' Alina zat haar aandachtig op te nemen.

'Nee nee, dat hoeft niet. Ik keek alleen zomaar even,' haastte ze zich te zeggen terwijl ze het boek dichtsloeg. Echter niet zonder dat ze het paginanummer en de naam van de jurk in haar gedachten had opgeslagen: *Evanita*.

Alina grijnsde breed en Eva besloot haar snel aan het werk te sturen. 'Bel je mevrouw Sanders?' Ze pakte het boek op en overhandigde het aan Alina, zodat ze het weg kon leggen. Ze had lang genoeg gedroomd: er moest weer gewerkt worden.

'Ja, natuurlijk.' Alina leek een beetje teleurgesteld, maar stond van haar stoel op en liep naar haar plekje bij de receptie. Eva keek haar na en zag tot haar ergernis Harald bij de deur van haar kantoor staan.

Niet weer.

'Dat is natuurlijk ook een manier om aan zo'n huis te komen,' zei Harald meteen nadat hij had gezien dat ze hem had ontdekt.

Hoewel ze beter wist, ging ze eropin. 'Hoe bedoel je dat?'

'Je trouwt met zo'n oude vent en dan erf jij het huis en alles wat hij heeft. Vind je dat niet een beetje ver gaan?'

Het was alsof ze een klap in haar gezicht kreeg. Haar stem trilde van woede toen ze sprak. 'Ik trouw niet met Johan vanwege zijn huis.' Waarom moest Harald altijd alles bederven? Het ging hem helemaal niets aan. 'Heb je niet iets belangrijks te doen?' Ze wilde alleen nog maar dat hij wegging. 'Werken misschien?'

'Ik ga straks met een klant lunchen bij Emilio.' Hij keek op zijn dure horloge. 'Maar ik heb nog een paar minuten.' Hij grijnsde nog steeds.

'Die zou je ook ergens anders kunnen doorbrengen, ik moet aan het werk.' Ze draaide zich naar haar computer om, maar werken lukte pas echt toen ze zeker wist, dat Harald het gebouw had verlaten.

Hoofdstuk 20

'Ik heb iets voor je.' Johan glimlachte en gaf haar een paar kaartjes.

Kaartjes voor een pianoconcert, ontdekte Eva meteen. 'Maar dat is op dinsdagavond,' zei ze een beetje teleurgesteld, terwijl ze hem de kaartjes teruggaf.

Johan knikte, keek van de kaartjes weer naar haar en was duidelijk verrast door haar reactie.

'Dat is een gewone doordeweekse dag,' zei ze, ervan overtuigd dat dat alles duidelijk maakte.

'Ja, dat gebeurt vaker met dinsdag.' Hij keek opnieuw naar de kaartjes. 'Het begint om halfnegen, niet eens zo vreselijk vroeg.'

'Dan kan ik niet,' zei ze kortaf.

'Waarom niet? Heb je al een andere afspraak?'

Verbeeldde ze het zich of klonk er jaloezie in zijn stem door? 'Op dinsdag werk ik meestal tot negen uur.'

'Dat doe je iedere andere avond ook. Hoeveel uur werk je normaal gesproken in een week? Nee, hoeveel uur moet je volgens je contract werken?'

'47.'

'Dat is relatief veel voor iemand die geen eigenaar van een bedrijf is.'

'Dat valt wel mee en mijn salaris is er ook naar. Ik krijg behalve een basissalaris ook provisie. Bovendien hoop ik dat ik binnenkort die promotie tot *Event Director* krijg.'

'Als je die niet krijgt dan is er binnen dat bedrijf meer mis dan alleen Harald. Jij bent de enige die de promotie daar verdient.

Welke dag heb je vrij dat je iedere avond tot negen uur aan het werk kan zijn en je niet over 47 uur komt?'

'Geen enkele. De overuren worden meestal ook wel betaald. Johan, ik weet waar je heen wilt.' Ze slaakte een diepe zucht. Ze werd vreselijk moe van die discussies over haar baan en haar werktijden.

'Met jou naar dat pianoconcert en ik weet dat jij daar ook best heen wilt.'

'Ik ben sinds mijn tiende niet meer naar een pianoconcert geweest, mijn leven gaat heus wel door als ik nu ook niet ga.' Ze haalde een keer diep adem en keek hem aan.

'Zijn de afspraken voor dinsdagavond helemaal niet te verschuiven?'

Het was duidelijk dat hij niet van plan was om het al op te geven. Hij had tot nu toe ook altijd veel succes gehad met overredingswerk.

'Ik heb geen echte afspraken voor dinsdag maar ik wilde een offerte voorbereiden.'

'Als dat alles is; ga met me mee. Liefste, volgens mij kun je het goed gebruiken er eens een avondje uit te zijn.' Hij streelde haar wang.

'Jij hebt makkelijk praten,' protesteerde ze nog steeds.

'Ik vraag toch niet van je of je een hele week vrij neemt om met me op vakantie te gaan? Hoewel ik dat zou doen, als er een heel klein kansje bestond dat je met me mee zou gaan.' Hij zuchtte. 'Het gaat om één avondje, een dinsdagavond, een avond op een tijd waarop geen normaal mens nog aan het werk is.'

'Dank je,' reageerde ze beledigd op de beschuldiging dat ze geen normaal mens zou zijn.

'Je weet best hoe ik het bedoel en je weet dat ik gelijk heb,' drong hij verder aan.

'Ja, je hebt gelijk,' verzuchtte ze. 'Misschien kan ik wel wat tijd vrijmaken, maar ik beloof nog niets.'

Johan knikte instemmend en glimlachte weer.

Waarom moest ze in vredesnaam verliefd worden op een man die precies dacht te weten wat goed voor haar was en die haar hele leven door elkaar wilde schoppen? Waarom was het zo heerlijk dat hij de leiding nam, als zij zelf niet meer wist wat ze moest?

'Hij komt me bekend voor,' zei ze op zachte toon, terwijl ze de pianist bekeek die die avond het concert zou geven. Het had wat moeite gekost, maar uiteindelijk had ze over haar schaduw kunnen stappen en Johan gezegd dat ze toch mee wilde.

'Hij is ongeveer zo oud als jij, misschien hebben jullie bij elkaar op school gezeten,' opperde Johan en hij pakte het programma erbij. 'Hij heet Roger Welkoop.' Hij wees de man op de foto aan.

'Roger Welkoop?' Ze moest een brok in haar keel wegslikken toen ze van de foto weer naar het podium keek. Plotseling wist ze waar ze hem van kende. 'Ik heb samen met hem muziekles gehad. We hadden jarenlang hetzelfde programma.' Had ze maar beter naar het kaartje gekeken, dan zou ze dat hebben geweten en misschien een smoes hebben gevonden om er toch nog onderuit te komen.

'Net zo'n wonderkind als jij, hè?'

Ze knikte, terwijl ze toekeek hoe de slanke man met de enorme bos zwarte krullen, achter de piano ging zitten. Een steek van jaloezie ging door haar heen en ze begreep niet goed waarom. Ze had toch een hele goede baan? Ze had toch alles wat ze wilde?

Gelukkig had ze niet veel tijd om daarover na te denken, Roger begon te spelen en ze vergat alles om zich heen. Ze kende het stuk, ze had het weleens op de radio gehoord. Sinds ze zelf af en toe weer speelde, luisterde ze regelmatig naar pianomuziek op de radio. Het was niet altijd alleen maar met slechte herinneringen verbonden en ze kon er gewoon weer van genieten.

Het hele concert luisterde ze aandachtig naar Roger en genoot ze van de muziek en van de sfeer die er in de zaal hing, van de manier waarop Roger met de muziek en zijn publiek omging. Hij vertelde over de muziek, maakte af en toe grapjes over bepaalde loopjes en de componisten. Hij was steengoed en precies geworden wat vroeger al in hem had gezeten, wat hij zich toen al had voorgesteld.

Het was jammer dat het concert na twee uur en een toegift al afgelopen was, ze had nog lang naar hem kunnen blijven luisteren. Uren, misschien wel dagen. Langzaam kwam ze weer in de realiteit terug en aarzelend stond ze op, toen het licht aanging en de mensen de zaal begonnen te verlaten.

'Je zou naar hem toe kunnen gaan om hem gedag te zeggen,' stelde Johan op zachte toon voor, nadat hij haar aarzeling had bemerkt.

'Nee, dat hoeft niet,' haastte ze zich te zeggen. Een heel klein moment had ze dat ook overwogen. 'Ik heb hem vijftien jaar geleden voor het laatst gezien, hij kent mij vast niet meer. We waren nog kleine kinderen. Laten we maar naar huis gaan.' Eerlijk gezegd had ze er helemaal geen behoefte aan om te worden herinnerd aan wat was veranderd op haar tiende verjaardag. Nu de muziek afgelopen was, begon zich die dag zich toch weer aan haar op te dringen.

'Eva?'

Voor ze hadden kunnen weglopen, kwam er een vrouw naar haar toe. Haar rode haren opgestoken in een wrong, ze droeg een elegante, lange zwarte jurk en ze had vier rijen parels om.

Eva's hart begon sneller te slaan en ze bedacht dat deze avond niet goed voor haar was, ze had toch thuis moeten blijven. Dit was veel te pijnlijk, dit kon ze niet aan.

'Mevrouw Gadingen?' Ze kreeg het voor elkaar om te glimlachen naar de vrouw die vanaf haar vierde levensjaar zo vreselijk belangrijk voor haar was geweest, maar die ze sinds één dag voor haar tiende verjaardag nooit meer had gezien.

De vrouw omarmde haar stevig. 'Eva, Schatz. Ik heb je zien binnenkomen en heb de hele tijd al gedacht dat jij het was.'

Eva stelde vast dat mevrouw Gadingen nog steeds hetzelfde rook. Ze gebruikte blijkbaar nog steeds hetzelfde klassieke warme parfum. Even leek het alsof de tijd had stilgestaan, was ze weer dat kleine meisje dat vijf keer in de week naar pianoles ging, bij de strenge mevrouw Gadingen. Ook begreep Eva ineens waarom ze zo'n enorme hekel aan de Duitse taal had gehad toen ze dat op school had moeten leren. Een groot deel van de muzieklessen had mevrouw Gadingen in het Duits gegeven. Eva was zich er nooit eerder bewust van geweest dat dat de moedertaal van de lerares was.

'Hoe is het met je? Speel je nog?' vroeg de vrouw nadat ze haar had losgelaten en van top tot teen had bekeken.

Eva haalde haar schouders op en moest een keer heel diep ademhalen voor ze haar stem weer vertrouwde. 'Sinds een paar maanden af en toe eens. Johan heeft een vleugel.' Ze keek hem aan en stelde mevrouw Gadingen aan hem voor. Haar stem trilde toch nog een beetje.

Het verbaasde haar dat mevrouw Gadingen niet ouder leek als toen. Een jaar of vijftig schatte ze haar nu. Blijkbaar was ze stukken jonger geweest dan zij het zich herinnerde.

'Wacht even, Schatz, ik ga Roger halen.' De vrouw verdween.

'Johan?' Ze draaide zich naar hem om. 'Heb jij dit geregeld?'

'Nee.' Hij keek ernstig terwijl hij zijn hoofd schudde. 'Is alles goed met je?' Hij pakte haar hand vast en kneep er zacht in.

'Ik weet het niet.' Ze haalde een keer diep adem, haar benen trilden en haar hoofd tolde. 'Ik geloof niet dat ik dit aankan.'

'Dan gaan we weg,' zei Johan beslist, maar voor ze daadwerkelijk hadden kunnen weglopen was mevrouw Gadingen alweer terug met Roger.

Hij glimlachte naar haar. 'Hallo, Eva.' Hij trok haar een keer aan haar haren zoals hij vroeger altijd had gedaan en waarover ze altijd nogal boos was geworden. Ook hij omarmde haar alsof het de gewoonste zaak van de wereld was. 'Hoe vond je het?'

'Fantastisch,' antwoordde ze. Haar stem was hees en ze was er niet zeker van of ze haar emoties de baas zou kunnen blijven en dat was angstaanjagend. Vooral omdat ze niet precies wist welke emoties het waren die haar overvielen. Ze merkte dat Johan haar een keer troostend over haar rug streelde en ze voelde zich weer iets rustiger worden. Ze kon nu natuurlijk niet meer zomaar weglopen, maar als ze het zou willen, zou Johan haar meenemen.

'Heb je nog tips voor me?' Rogers grijns maakte dat hij er bijna net zo uitzag als toen en zorgde ervoor dat ze zich een beetje beter op haar gemak voelde. De vraag verbaasde haar.

'Nee, natuurlijk niet. Je speelt voortreffelijk.'

'Je wist me altijd te vertellen wat ik verkeerd had gedaan.' Hij grinnikte en ze kon er niets aan doen dat ze ook moest lachen.

Ze kon het zich inderdaad weer herinneren en het was voor het eerst dat niet alle herinneringen aan haar kindertijd pijn deden.

'Ik heb vijftien jaar niet gespeeld, ik heb het recht niet om iets op je spel aan te merken, als ik al iets gevonden zou hebben.' Langzaam begon ze van de schrik te bekomen. Ze realiseerde zich dat er niets ernstigs zou gebeuren als ze zou blijven. Wat vijftien jaar geleden was gebeurd, had niets met nu te maken.

'Echt? Vijftien jaar? Dat is niet te geloven. Je was niet bij de piano weg te slaan, je oefende veel meer dan ik en je zei altijd dat ik veel vaker en langer moest spelen, omdat ik anders nooit een fatsoenlijke pianist zou worden.'

Ze haalde haar schouders op en was verbaasd dat hij dat allemaal nog zo goed wist. 'Toch heb ik zo lang niet gespeeld. Ik ben net weer een beetje begonnen.'

Roger leek echt nog precies op de tienjarige van toen, hij zat alleen verstopt in het lichaam van een vijfentwintigjarige man. 'Je bent dus niet helemaal uit de oefening?'

Ze haalde haar schouders op; zelf vond ze van wel.

Johan was altijd helemaal enthousiast en leek haar fouten niet te kunnen horen.

'Weet je nog wat we altijd samen speelden?'

Eva schudde haar hoofd, maar omdat hij haar hand had vastgepakt had ze geen keus en liep ze achter hem aan het podium op. Roger haalde ergens een kruk vandaan en ging aan de vleugel zitten. Hij klopte lachend op de andere kruk en wachtte ongeduldig tot ze naast hem plaats zou nemen. Na een korte aarzeling deed ze dat.

Hij begon te spelen en Eva herkende het stuk natuurlijk meteen, ze hadden dat vaak samen gedaan, ook bij optredens. Het publiek had het altijd leuk gevonden wanneer twee kinderen samen een klassiek stuk speelden op een vleugel.

Als vanzelf vonden haar vingers de toetsen en speelde ze met Roger mee.

Toen het lied uit was, duurde het een poosje tot het applaus van het nog overgebleven publiek tot haar door begon te dringen en ze keek een beetje verdwaasd de zaal in. Het was alsof ze langzaam uit een trance ontwaakte, alsof ze terug in de tijd was geweest. Mevrouw Gadingens onstuimige omarming deed haar echter weer heel snel in het heden terugkeren.

De avond was er een vol tegenstrijdigheden. Eva voelde zich de meeste tijd heerlijk ontspannen in het gezelschap van Mevrouw Gadingen, Roger en Johan. Aan de andere kant had ze een beetje het gevoel dat ze droomde en dat er ieder moment iets zou kunnen gebeuren, dat alles helemaal in een catastrofe zou veranderen.

Roger zou de volgende avond nog een concert geven en mevrouw Gadingen regelde kaartjes voor hen, ook kreeg ze de cd die Roger had opgenomen. Hij zette er met een brede grijns zijn handtekening op. Ze was er trots op dat hij zijn droom van toen had kunnen waarmaken. Die avond besefte ze voor het eerst, hoe anders haar leven had kunnen verlopen. Maar die gedachte probeerde ze snel te verdringen. Haar leven was goed, ze was goed in wat ze deed en deed het graag. Er was geen enkele reden om jaloers te zijn of spijt te hebben.

Hoofdstuk 21

De hele volgende dag had Eva de cd van Roger in de speler zitten en droomde ze af en toe weg bij de muziek. Ze hield het eerder voor gezien op kantoor en reed naar Johans huis. Ze had echt zin om naar het concert te gaan. Het was een beetje een vreemde gewaarwording om iets anders in haar hoofd te hebben dan haar werk en Johan, en ze had besloten er maar van te genieten, in ieder geval deze dag. Morgen zou ze weer aan andere dingen denken en zou alles weer normaal zijn.

Ze genoot ook echt weer van het concert, ze lette veel beter op Roger zelf. Hij maakte geen fouten, in ieder geval niet voor zover zij het meekreeg. Zelf meende ze dat ze die dan zou hebben moeten horen. Hij was toch nog een echte perfectionist geworden.
'Het laatste stuk dat ik vanavond ga spelen, is helemaal nieuw. Dat heb ik vannacht gecomponeerd nadat ik gisteren een vriendin, die ik in geen vijftien jaar had gezien, weer had ontmoet. Het heet: *Music for Eva*.' Roger knikte haar toe, ging zitten en begon te spelen. Het stuk bestond uit rustige passages, maar er zaten ook kinderliedjes in en hele wilde stukken. Eva was ontroerd dat Roger de vorige avond nog zo'n mooi muziekstuk had gecomponeerd, terwijl hij aan haar had gedacht.
Toen hij met het stuk klaar was en hij het daverende applaus in ontvangst nam, blies hij haar een kus toe en ze moest een paar tranen uit haar ogen vegen.
Nadat alle andere gasten de zaal hadden verlaten, ging Eva toch achter de vleugel zitten. De aantrekkingskracht die het instru-

ment op haar uitoefende kon ze niet weerstaan. Ze vond het alleen een beetje raar van zichzelf dat ze het toeliet. Roger gaf haar een stuk aan en nadat ze het een keer had doorgekeken, begon ze te spelen. Het was iets, wat ze nog niet eerder had gezien of gehoord. Zelf was ze er niet echt tevreden over, omdat ze wist dat ze tijdens het spelen vier nootjes had gemist, maar mevrouw Gadingen stroomde over van enthousiasme.

'We zullen waarschijnlijk nog het een en ander moeten bijschaven, maar ik ben ervan overtuigd dat het een niet al te groot probleem moet zijn,' begon mevrouw Gadingen, terwijl Johan champagne uitdeelde. 'Ik zou het heerlijk vinden als je bij de volgende tournee meegaat.'

De woorden kwamen op haar af en echode een keer na in haar hoofd. Ademhalen leek ineens onmogelijk te worden.

'Nee!' geschokt liet ze haar glas uit haar handen vallen, draaide zich om en vluchtte het gebouw uit. Buiten realiseerde ze zich dat ze op Johan moest wachten of een taxi moest bellen. De frisse avondlucht zorgde er echter voor dat ze weer een beetje bij haar positieven kwam. Haar jas en haar tas waren nog binnen, ze had haar telefoon thuis gelaten en kleingeld of een telefoonkaart had ze ook niet bij zich. Ze besloot nog even te wachten, dan weer terug naar binnen te gaan en mevrouw Gadingen haar excuses aan te bieden.

'Eva?' Johan kwam echter al naar haar toe voor ze zover was, en sloeg zijn armen om haar heen. 'Wat is er gebeurd?' Hij draaide haar naar zich toe, zodat ze hem wel moest aankijken. 'Mevrouw Gadingen is helemaal van slag.'

Eva had er niet aan gedacht dat Johan waarschijnlijk niet had meegekregen wat er precies was gebeurd, omdat hij bezig was geweest met de champagne.

'Ze wil dat ik mee ga op de volgende tournee.' Ze schudde haar hoofd, dat idee was helemaal belachelijk.

'Ja, dat weet ik. Dat is toch heerlijk?' Hij streelde haar haren.

'Ik kan dat niet,' zei ze nogal heftig haar hoofd schuddend.

'Waarom niet?'

'Weet ik niet precies.' Ze haalde een keer diep adem. 'Het spijt me. Laten we naar binnen gaan, ik zal mevrouw Gadingen mijn excuses aanbieden en zeggen dat ik natuurlijk niet meekan op tournee omdat ik een ander leven heb nu. Daarna wil ik naar huis en wil ik ze nooit meer zien. Ik wil ook nooit meer naar een pianoconcert of een piano van dichtbij zien!'

Johan mompelde iets onverstaanbaars. Het was vast niet zo heel erg aardig en ze besloot niet na te vragen. Opgelaten verontschuldigde ze zich niet veel later bij mevrouw Gadingen en Roger. Mevrouw Gadingen probeerde nog met haar te praten, maar ze reageerde zo onverschillig dat ze er zelf van schrok en het duurde ook niet lang voor ze in de auto naar huis zaten.

De rit verliep dit keer in een beklemmend zwijgen en Eva zat alleen maar te wachten tot ze eindelijk thuis zouden zijn.

'Eva, ga niet meteen weg.' Johan hield haar staande, toen ze in haar tasje naar haar autosleutels begon te zoeken. 'Laten we nog even gaan zitten. Wil je iets drinken?'

Ze schudde haar hoofd, maar liep toch met hem mee naar de woonkamer.

'Ik geloof dat het voorstel van mevrouw Gadingen helemaal niet zo slecht was. Ze had zelfs een contract bij zich.' Johan was naast haar gaan zitten en had voor zichzelf een glas cognac ingeschonken. Hij had er nog niet van gedronken en het glas op de tafel gezet. Natuurlijk had ze kunnen weten dat hij haar dit keer niet zo maar zou laten gaan. 'Ik kan het niet doen.'

'Waarom niet? Geef me één goede reden om het niet te doen,' drong hij aan.

'Ik kan het gewoon niet. Ik kan niet spelen. Hoe komt ze op het idee dat ik al die jaren die ik niet heb gespeeld, in een half jaar kan inhalen?' Iedere keer als ze eraan dacht, overviel haar weer een beklemmend gevoel: het gevoel wat ze al die jaren alleen maar met pianospelen in verbinding had gebracht.

'Volgens mij kun je het wel.' Hij ging dicht naast haar zitten en streelde haar hand en Eva moest zich echt inhouden om haar hand niet terug te trekken. 'Volgens mevrouw Gadingen kun je dat, ze zou er anders vast niet over zijn begonnen.'

'Ik kan toch niet mijn baan opgeven, om zoiets als artiest te worden?' Ze keek naar haar trillende handen in de zijne. 'Niets is zo onzeker als het artiestenleven.'

Johan knikte langzaam. 'Daar heb je misschien gelijk in, maar toen je aan het spelen was, heb ik het contract doorgelezen. Zo groot is het risico niet. Ik weet weliswaar niet of je dan meer verdient dan je nu doet, maar je krijgt genoeg om van te leven en iets over te houden. Bovendien heb je een goede opleiding, veel ervaring en een enorme ambitie en als het niet zo loopt als je het je voorstelt, kun je zo weer terug naar kantoor.' Hij zuchtte een keer en gaf haar een tedere kus op haar wang. 'Het is een kans, Eva. Het is een kans om dat te doen wat je als kind altijd hebt willen doen.'

Met een ruk trok ze haar handen uit de zijne. Die woorden deden haar pijn zoals nooit eerder in haar leven iets haar pijn had gedaan. Nee, dat was niet waar; lang geleden had ze een pijn gevoeld die daarop had geleken.

'Ik ben geen kind meer, Johan, en jíj hoeft me niet te vertellen wat het was wat ik toen wilde,' beet ze hem toe.

'Wat zou je hebben gedaan als je ouders niet waren gestorven? Waar zou je dan nu zijn geweest? Heb je daar weleens over nagedacht?' vroeg hij na een korte aarzeling.

Een machteloze woede begon in haar op te borrelen en iets leek haar keel dicht te knijpen. Tot gisteren had ze altijd kunnen verhinderen dat ze eraan dacht, wat er van haar zou zijn geworden als haar ouders nog zouden leven, of wanneer ze alles beter zouden hebben geregeld. Ze wilde daar niet meer aan denken en Johan had het recht niet er over te beginnen. Juist híj moest toch weten hoe het in elkaar stak? Juist híj moest toch weten hoeveel pijn dat deed?

'Johan, ik heb er genoeg van dat je je iedere keer met mijn leven bemoeit,' riep ze uit terwijl ze van de bank opstond. 'Laat me met rust!' Haastig verliet ze de kamer en rende naar boven. In de slaapkamer liet ze zich op het bed vallen.

Voor de zoveelste keer de afgelopen maanden was ze weggelopen en barstte ze in tranen uit. Ze kon niet eens precies zeggen waarom. Na een paar minuten lukte het haar om de tranen en emoties in te slikken en stond ze weer op. Nadat ze haar gezicht had gewassen, besloot ze toch weer naar beneden te gaan.

Eva kwam Johan tegen toen hij uit de garage kwam, onderzoekend nam hij haar op en ze liep naar hem toe.

'Het spijt me.' Ze durfde hem bijna niet aan te kijken en ze voelde zich nogal opgelaten. Hij moest onderhand denken dat ze van lotje getikt was. Als hij dat dacht, had hij waarschijnlijk gelijk.

'Ik ben blij dat je niet meteen weggegaan bent.' Zijn toon zorgde ervoor dat het duidelijk was, dat ze hem gekwetst had. De blik in zijn ogen ook. 'Misschien moeten we maar eens praten over wat we van elkaar en onze relatie verwachten, wat we van het leven verwachten.'

Eva had het gevoel dat haar de adem werd afgesneden. Dit zou vooral om haar gaan; Johan was altijd duidelijk geweest over wat hij wilde in hun relatie en zijn leven. Hij sloeg een arm om haar schouders en nam haar mee naar de woonkamer. Hij schonk ook een glas cognac voor haar in, het zijne vulde hij opnieuw. 'Ik denk dat we het voorlopig maar niet meer over het contract van mevrouw Gadingen moeten hebben,' zei hij, toen ze waren gaan zitten.

Eva kreeg het voor elkaar een dankbaar glimlachje op haar gezicht te toveren en nam een slokje.

Johan aarzelde nog een moment voor hij begon te praten. 'Heb je al over onze trouwdag nagedacht? Heb je al een dag gevonden waarop je het misschien zou kunnen inplannen?'

Ook dat was een van de onderwerpen waarover ze liever niet wilde praten en ze schudde haar hoofd. Ze had een keer naar die trouwjurk gekeken, maar over een datum had ze nog niet nagedacht, had ze nog niet na durven denken en de manier waarop Johan het haar had gevraagd maakte duidelijk dat hij dat wist.

'Je vindt toch dat ik te oud voor je ben,' zei hij zacht.

Ze schudde weer haar hoofd en was er een beetje verbaasd over dat hij dacht dat zijn leeftijd een probleem was. 'Nee, dat is het niet.'

'Wat is het dan?'

Ze haalde haar schouders op. 'Ik weet helemaal niet meer wat ik wil. Mijn leven staat op zijn kop sinds ik jou ken. Dingen die eerst heel belangrijk voor me waren, zijn minder belangrijk voor me geworden en...' Ze slaakte een diepe zucht. 'Johan, ik weet het niet. Ik denk dat we beter kunnen wachten met trouwen. Op dit moment ben ik er niet van overtuigd dat het onze relatie goed zal doen.' Ze moest haar keel schrapen.

'En hoe zit het dan met onze relatie? Hebben we die nog, of heb je plotseling besloten daar ook meteen maar een eind aan te maken?' vroeg hij, nadat hij haar een poosje had aangekeken.

'Ja.' Het was eruit voor ze er erg in had.

'Eva?' Het was nauwelijks meer dan een fluistering. 'Ik begrijp je niet. Ik heb je toch niet gevraagd om je leven en je dromen op te geven?'

'Nee, dat heb je niet. Dat weet ik, maar op dit moment kan ik die beslissing niet nemen. Ik zou niet moeten twijfelen als ik aan onze bruiloft denk, en dat doe ik. Ik twijfel aan alles.' Haar stem was schor.

'Twijfel je ook aan wat ik voor je voel?' vroeg hij op zachte toon. Haar afwijzing had hem duidelijk diep gekwetst.

'Misschien vergis je je wel. Hoe kun je er zo zeker van zijn?' Het had haar altijd verbaasd dat hij graag bij haar was dat hij zei dat hij van haar hield. Ze kon zich al helemaal niet voorstellen dat het altijd zo zou blijven. Ooit zou ze hem kwijtraken en misschien was het beter als het nu meteen gebeurde, voor ze nog meer voor elkaar gingen voelen.

'Ik ben er zeker van dat ik van je hou, Eva.' Hij haalde een keer diep adem. 'Ik weet het zeker, omdat ik me nooit eerder zo gevoeld heb. Ik voel me goed bij jou. Ik voel me goed als ik weet dat ik je zal zien. Eva, ik hou meer van jou dan van wat ook ter wereld.'

Ze kon een snik niet onderdrukken, hoewel ze zich amper kon voorstellen dat hij dat echt zo meende, waren het wel de woorden die ze wilde horen.

'Ik kan je alles geven wat je wilt.'

'Johan, ik weet niet meer wat ik wil.' Ze stond op, liep naar het raam, constateerde dat het te donker was om iets te kunnen zien en liep terug om weer te gaan zitten, bij de vleugel bleef ze echter staan. 'Ik weet niet meer wat ik wil en dat maakt me bang. De reden waarom ik me min of meer te pletter werk is een carrière boven aan de ladder, met al de bijbehorende dingen.' Ze slikte een keer. 'Ik heb altijd gedroomd van een eigen huis, iets als dit, een mooie auto. Ik weet dat ik ernstig materialistisch ben ingesteld, maar tot nu toe was dat het enige waarvoor ik werkte. Als ik met jou trouw, zijn die wensen allemaal in één klap vervuld en ik kan me niet voorstellen dat het dan goed is.' Ze durfde hem niet aan te kijken, omdat ze de teleurstelling in zijn ogen niet meer wilde zien.

'Eva... Ik verkoop alles wat ik heb, het geld geef ik aan het Rode Kruis of Amnesty of weet ik veel waaraan. Liefste, er is meer tussen ons dan geld.' Hij stond ook op, maar kwam niet naar haar toe.

'Daar ben ik op dit moment niet zo zeker van. Ik bedoel, ik weet niet of het genoeg is, of ik bereid ben om mijn hele leven zo drastisch te veranderen. Want daar gaat het naartoe. Sinds ik je ken is er al zoveel veranderd. Ik heb soms het gevoel dat ik veel minder doe, dat ik niet voldoe aan de eisen van mijn baan. Als ik die nu al niet aankan, dan geeft Stuart mij die *Event Director* job natuurlijk niet. Misschien bedenkt hij dan wel dat het bedrijf beter af is zonder mij, zeker zoals ik me de laatste tijd voel. Ik ben niet meer zo vaak daar, ik werk niet meer zoveel thuis, ik ben er met mijn aandacht ook niet meer zo bij als anders. Ik heb zelfs overwogen om serieus tijd te investeren in pianospelen. Het is een belachelijk idee, omdat ik die tijd helemaal niet heb.'

'Zelfs als je minder doet voor jouw gevoel, geef je meer aan het bedrijf dan waarschijnlijk ieder ander daar, volgens mij ook meer dan Stuart.' Johan aarzelde voor hij verder vroeg. 'Heb je sinds je mij kent klanten verloren?'

Ze schudde haar hoofd en voelde de tranen weer akelig dichtbij komen.

'Heb je met Stuart problemen gekregen, omdat hij vindt dat je er niet vaak genoeg bent? Heeft hij je salaris gekort?'

'Nee.'

'Heb je belangrijke opdrachten niet afgekregen?'

'Nee, natuurlijk niet, maar ik werk veel minder.'

'Eva, ik denk dat de enige eisen waaraan jij op dit moment in mindere mate voldoet die van jezelf zijn.' Hij streelde haar wang. 'Stuart gaat je echt niet meer betalen, als je je te pletter werkt. Je krijgt die hal en die agenda echt niet voller dan vol. Je kunt niet ieder feestje in de omgeving organiseren. Het enige resultaat is dat je weer een zenuwinzinking krijgt. Liefste...'

'Ik ben niet je liefste! Ik wil het niet meer!' Hoewel ze begon in te zien dat wat ze zei veel grotere gevolgen had dan het nog even uitstellen van de bruiloft, was ze niet in staat haar woorden tegen te houden.

'Je bent wel mijn liefste, daar kun jij niets aan veranderen.' Inmiddels stond hij vlak voor haar.

'Begrijp je dan niet dat ik niet én mijn tijd aan jou kan besteden én aan mijn werk? Dat hou ik niet vol.'

'Ik verlang toch niet van je dat je al je tijd aan mij besteed? Ik verlang toch niet van je dat je met werken stopt? Eva, ik hou van je, ik wil graag bij je zijn en van je houden. Dat betekent toch niet dat het voorbij is met jouw leven?'

Door haar tranen keek ze hem aan. 'Johan, alsjeblieft...' Weer sloeg ze haar ogen neer.

'Kijk me aan en zeg me dat je niet van me houdt, dat je me niet nodig hebt.' Hij nam haar gezicht tussen zijn handen en veegde met zijn duimen de tranen van haar wangen. 'Zeg me, dat wat wij hebben niets bijzonders is, dat ik er alleen méér bij heb gedacht dan jij.'

Ze kon niets van zijn woorden ontkennen, maar toch was ze niet in staat zo verder te gaan. 'Johan, ik wil naar huis. Laat me nog een beetje tijd.' Haar woorden waren amper hoorbaar.

Hij had haar echter wel verstaan en knikte, drukte een kus op haar voorhoofd en liet haar los en stond op. Hij liep een stukje bij haar vandaan, toen draaide hij zich weer naar haar toe.

'Eva, ik kan me niet voorstellen dat het zo plotseling afgelopen is. Een paar uur geleden was je nog zo gelukkig.' Hij slaakte een gekwelde zucht. 'Mocht je je bedenken, dan kun je me dat altijd zeggen. Ik zal er altijd voor je zijn als je me nodig hebt. Altijd!'

Ze knikte langzaam. 'Dat weet ik, Johan. Het spijt me dat het niet loopt zoals je had gehoopt, maar op dit moment kan ik het niet aan. Ik heb meer tijd nodig.'

Hij knikte kort en liep toen toch weg. Er liep een rilling over haar rug, ze had het ineens kouder dan ze het ooit in haar leven had gehad. Bijna had ze hem teruggeroepen, maar iets in haar hield haar tegen.

Ze kreeg haar eigen leven terug, dat was wat ze wilde. Waarom deed het zo'n pijn? Daarover wilde ze niet nadenken, zeker niet hier. Ze moest zien dat ze naar huis kwam.

Haar flatje was echter al lang niet meer haar thuis.

Hoofdstuk 22

Vermoeid bewoog Eva haar schouders. Alles deed haar pijn, ze kon haar nek amper bewegen en haar hoofdpijn leek niet meer over te gaan. Vanochtend was ze er al mee opgestaan en het was niet minder geworden.

Ze was er op haar werk dan ook weer hard tegenaan gegaan, maar niets was meer zoals vóór Johan. Eigenlijk had ze erop gerekend dat haar leven gewoon hetzelfde zou zijn als voor die avond dat Johan haar had gezegd dat ze het goed bij hem zou hebben. Ze dacht echter de hele tijd aan hem, miste zijn aanrakingen, zijn glimlach, de telefoontjes, de manier waarop hij alles kon relativeren, zijn rust én zijn hartstocht. Toch kon ze niet naar hem teruggaan. Het was te intens geweest. Hij was dichter bij haar gekomen dan ooit eerder iemand anders en dat kon ze niet aan, dat wilde ze nog steeds niet. Ooit zou er een dag komen dat alles weer normaal zou zijn, dan voelde het weer prettig om alleen te zijn en hard te werken.

Ze keek in haar agenda. Er zou een nieuwe klant komen en het ging om een bruiloft. Meteen ging er een heftige pijnscheut door haar hoofd en ze moest even haar ogen sluiten omdat het licht haar teveel werd. Het leek alsof de hele wereld trouwplannen had en ze wilde niet geconfronteerd worden met wat ze allemaal miste.

Een moment overwoog ze om het Alina te laten opknappen, zij vond bruiloften wel leuk en ze had ook de wens geuit feesten te willen organiseren en niet langer "alleen maar" assistente te zijn.

Eens moest de eerste keer zijn dat Alina een project helemaal alleen zou doorvoeren, maar het was alleen al onzin dat ze het nú overwoog.

Een bruiloft was niet voor haar weggelegd, dat had ze altijd al geweten en daarom was ze niet meteen zo enthousiast geweest toen Johan haar had gevraagd. Ze had nooit gehoopt of gedacht dat er iemand in haar leven zou komen, die dat überhaupt zou willen.

Ze stond op en loste een aspirine in een glas met water op, dronk het glas in een teug leeg en vermande zich zo goed als het ging. Bruiloften waren leuk voor anderen, had ze altijd leuk voor anderen gevonden en het organiseren van een originele en goedlopende bruiloft was altijd een uitdaging.

Met al de spullen die ze nodig had liep ze naar de ontmoetingsruimte. Zoals altijd had Alina de belangrijkste boeken en catalogi vast neergelegd. Bovenop de stapel lag de catalogus waar "haar" trouwjurk instond. Ze pakte het boek op en legde het onderop, er was geen reden meer voor om die jurk ooit nog te zien.

Op het moment dat ze Carola de hal binnen zag komen, schrok ze behoorlijk. Toch begreep ze meteen dat zij degene was die over die bruiloft kwam praten en ze vroeg zich af waarom ze niet eerder op het idee was gekomen dat mevrouw C. Jennings, Carola, de tweelingzus van Johan was. Blijkbaar begon het haar al aardig te lukken te vergeten. Alleen Johan moest ze nog uit haar gedachten zien te bannen.

'Hallo, Eva.' Carola liep recht op haar af en glimlachte, niet echt overtuigend, maar ze glimlachte wel.

'Komt u binnen,' zei ze beleefd, en hopelijk emotieloos, nadat ze elkaar kort de hand hadden geschud. Waarschijnlijk kwam ze inderdaad alleen om over de bruiloft van een van haar kinderen praten. Op de party had ze gehoord dat ze een dochter had met trouwplannen en Johan had er ook weleens iets over gezegd. Ze wees Carola een stoel en ging zelf achter het bureau zitten.

'Je ziet er moe uit.' Carola nam haar bezorgd op en even leek ze helemaal op Johan.

'Het is druk, een soort hoogseizoen.' Ze probeerde te glimlachen en was er bang voor dat Carola misschien toch niet voor zaken bij haar was. Geen andere klant had bij een eerste ontmoeting ooit tegen haar gezegd dat ze er moe uitzag. Zelfs de laatste tijd niet.

'Gisteren heb ik Johan gezien.' De vrouw bleef haar onderzoekend aankijken.

Eva hoopte dat haar glimlach op haar gezicht zou blijven. 'Hoe is het met hem?' vroeg ze, hopelijk neutraal geïnteresseerd.

'Hij ziet er ongeveer zo moe uit als jij.'

Eva moest weer een brok in haar keel wegslikken, voor ze iets kon zeggen. 'Ik ben blij dat het goed loopt met zijn zaken.'

'Dat ligt niet aan de zaken en dat weet jij ook.'

'Mevrouw Jennings, ik denk niet dat u hier bent om over Johan te praten. In mijn...'

'Je kunt me gewoon Carola noemen,' onderbrak ze haar ze beslist. 'Ik ben hier niet alleen om over Johan te praten, maar ik wil er wel iets over zeggen.'

'O.' Ze keek Carola aan.

'Johan is diep ongelukkig en jij volgens mij ook. Wat is er tussen jullie gebeurd?'

'We zijn uit elkaar.' Ze slikte met moeite en het lukte haar gemaakt onverschillig haar schouders op te halen, zelfs al wist ze best dat het Carola niet ontging hoe het echt met haar was. 'Onze relatie was niet direct een relatie waarvan verwacht werd dat het serieus gemeend was. Je had toch niet echt gedacht dat Johan en ik altijd bij elkaar zouden blijven?' Het had behoorlijk uit de hoogte geklonken, maar dat was altijd nog beter dan in tranen uitbarsten.

'Ja, dat had ik wel gedacht.' Carola sprak heel erg rustig en het klonk alsof ze meende wat ze zei.

'Ik had er eerder op gerekend dat je het een belachelijke vertoning had gevonden. Niets meer dan een bevlieging.' Ze probeerde zichzelf steeds wijs te maken dat wat ze voor elkaar hadden gevoeld niet meer was dan dat. Vuurwerk, van beide kanten.

'Misschien was ik een beetje verbaasd toen hij met jou op mijn feestje verscheen, maar het werd me al snel duidelijk dat jullie echt verliefd op elkaar waren. Zijn relatie met jou was erg belangrijk voor hem en heeft hem goed gedaan. Ik neem niet aan dat Johan in de jaren na zijn huwelijk nooit een vriendin heeft gehad. Maar hij heeft me nog nooit een vrouw als zijn vriendin voorgesteld. Johan en ik zien elkaar niet zo vaak, maar als kinderen gingen we door dik en dun. Ik weet zeker dat hij nu zo ongelukkig is omdat jij niet meer van hem houdt.'

Eva slikte met moeite. Carola's woorden verbaasden haar, ze had niet echt gedacht dat Johan en zij veel met elkaar te maken hadden. Ook was ze ervan uitgegaan dat zij en Hans hun relatie niet hadden goedgekeurd. Ze herinnerde zich het gesprek dat Hans met Johan wilde hebben. *Alleen*.

Aan de andere kant had zij er absoluut geen idee van hoe een relatie tussen broer en zus in elkaar stak. Tweelingbroer en –zus nog wel.

'Het is niet zo dat ik niet meer van hem hou.' Het was eruit voor ze het had kunnen tegenhouden en ze had er meteen spijt van.

Er verscheen een glimlachje om Carola's mond. 'Waarom zijn jullie dan uit elkaar? Johan heeft je vast wel verteld wat hij voor je voelt.'

'Ja, dat heeft hij. Carola, ik kan niet tegelijk carrière maken en zo'n intensieve relatie met Johan hebben.' Hoe vaker ze daaraan dacht, hoe belachelijker het leek. Vooral omdat ze steeds vaker bedacht dat ze veel minder gestrest was geweest toen ze nog met Johan samen was geweest. Nu werkte ze echt alleen nog maar en beter ging het haar daarbij niet. Het was gewoon niet meer hetzelfde.

'Waarom kan dat niet?' Carola leek echt erg verbaasd. 'Dat snap ik niet. Het is toch heerlijk om na een drukke dag thuis te komen en dat er daar iemand voor je is. Johan zal er voor jou zijn. Hij heeft die hele carrièretrip al achter zich. Ook die zaak waar hij nu aan bezig is, betekent niet alles voor hem. Het is meer iets om mee bezig te zijn. Dat was het tenminste, tot jij bij hem bent weggegaan.'

'Ik weet het.' Er sprongen tranen in haar ogen. 'Maar we liepen gewoon veel te hard van stapel, het ligt alleen aan mij. Ik ben altijd alleen geweest en nog nooit in mijn leven heeft er een persoon op de eerste plaats gestaan. Ik ben dat niet gewend en wil het ook niet, hoeveel Johan ook voor me betekent. Als het je troost, ik mis hem erg en soms denk ik dat ik nu nóg vaker aan hem denk.'

'Dat moet je tegen hem zeggen. Hij mist jou vreselijk.' Carola was een moment stil. 'Ik moet je zeggen dat ik blij ben om te horen dat er voor jou en Johan nog hoop is.'

'Ik denk dat hij dat wel weet.' Hij kende haar beter dan wie dan ook.

'Dat vraag ik me af, hij gelooft op dit moment helemaal nergens meer in.'

'Ik dacht dat jullie geen contact met elkaar hadden.'

'Niet veel. Maar als we elkaar zien, praten we veel. Ik maak me zorgen om hem. Nu ik jou heb gezien, maak ik me ook zorgen om jou.'

'Om mij? Je kent me niet eens.' Carola's woorden verbaasden haar, ze leek te menen wat ze zei.

'Je hoeft jou niet zo erg goed te kennen om te zien dat je moe en bleek bent. Volgens mij ben je een aantal kilo afgevallen. Ook heeft Johan veel over je verteld en hij houdt van je.' Ze haalde haar schouders op alsof dat alles duidelijk zou moeten maken. 'Ik weet best dat het me niets aangaat.' Carola pakte een blocnote uit haar tas. 'Ik wilde je gewoon even zien. Eigenlijk om je te vertellen dat je het recht niet hebt om zo met hem te spelen, maar ik denk nu dat het anders is gegaan dan ik in eerste instantie dacht.'

'Als je Johan ziet, zeg hem dat het me spijt dat het zo loopt, er is alleen niets aan de situatie hier veranderd. Ik heb nog wat tijd nodig.'

'Je zou hem kunnen bellen om hem dat te zeggen,' zei Carola op zachte toon.

Eva schudde haar hoofd.

'Ik zal het hem zeggen,' berustte Carola er toen in. 'Zo, laten we het nu dan over de bruiloft van Jeannette hebben.' Carola glim-

lachte. 'Ik ben een aantal maanden geleden op een bruiloft geweest die jij had georganiseerd en ik was diep onder de indruk.
Zo wil ik ook de bruiloft van Jeannette en Christiaan. Nou ja,
natuurlijk niet helemaal zo. Je begrijpt wel wat ik bedoel.'

Eva knikte. Hoewel ze iets meer moeite had met omschakelen
dan Carola.

Ze haalde een keer diep adem. 'Is er al een datum vastgesteld?'
vroeg ze toen, ten teken dat ze daar bereid toe was.

Carola knikte en opende het blok. '26 april volgend jaar. Tenzij
het met de voorbereidingen niet gaat lukken.'

'Dat moet gaan lukken.' Ze toverde een echte glimlach op haar
gezicht.

'Hoi.' Weer stond Minh zonder afspraak voor haar deur, dit keer
keek ze niet zo vrolijk.

'Hoi.' Eva zuchtte diep. Ze had gehoopt dat het Johan zou zijn,
wat natuurlijk belachelijk was omdat ze hem helemaal niet wilde
zien en ze hem geen enkele reden had gegeven om bij haar langs
te komen. Maar na haar gesprek met Carola...

Minh liep door naar binnen, toen Eva haar niet uitnodigde en nadat
ze op de bank was gaan zitten keek ze haar onderzoekend aan.

'Is alles goed met je?'

'Natuurlijk is alles goed met me.' Ze liep naar haar comfortabele
stoel en ging zitten. Met haar vingers streek ze een paar keer over
haar voorhoofd, soms hielp het een beetje tegen de hoofdpijn.
Als het nog langer zou aanhouden, zou ze toch nog een aspirine
moeten nemen.

'Je ziet zo bleek.'

De tweede die dag. 'Ik heb het druk.'

'Rotsmoes, je hebt het altijd druk, maar zo ongezond bleek zie je niet altijd.'

'O, Minh, hou op.' Ze zuchtte diep. 'Ik heb een beetje hoofdpijn, misschien heb ik iets te veel gewerkt, dat is alles.'

'Dat heb je vast ook wel, maar ik heb Johan gezien.' Minh keek haar vragend aan en zei verder niets, wachtend op haar reactie.

Tot haar ellende sprongen er tranen in haar ogen. 'Is het echt niet mogelijk dat er eens iemand over iets anders dan Johan begint te praten?' viel ze tegen haar vriendin uit. Snel stond ze op en liep naar de keuken, de tranen stroomden inmiddels langs haar wangen. Een moment stond ze tegen het aanrecht geleund en zonder iets te zien naar buiten te staren. Nadat ze een paar keer had in- en uitgeademd en met een stukje keukenpapier haar tranen had weggeveegd, besloot ze een pot koffie te zetten en ze hoopte dat deze bezigheid haar een beetje zou afleiden. Ze hoopte ook dat Minh haar zolang met rust zou laten, maar het duurde niet lang voor ze de keukendeur open hoorde gaan. Haar handen trilden toen ze de schepjes koffie aftelde en het koffiezetapparaat inschakelde.

'Eva.' Minh stond achter haar. 'Het spijt me, ik had niet gedacht dat je zo van streek zou raken.'

'Ik ben niet van streek.' Met haar handpalm wreef ze snel een keer over haar ogen.

'Nee, natuurlijk niet,' stemde Minh meegaand met haar in. Haar stem klonk alsof ze er het hare van dacht. Ze pakte twee bekers uit de kast en zette die op het dienblad neer. Daarna begon ze de kastjes door te zoeken naar iets eetbaars. Het enige wat ze vond was een zak chips. 'Volgens mij wordt het hoog tijd dat je boodschappen gaat doen,' merkte ze op, terwijl ze een schaal pakte en daar de zak chips in leegde.

Boodschappen was inderdaad iets wat ze al een tijdje niet had gedaan, realiseerde ze zich. Misschien kwam het er morgen van.

Minh kwam naar haar toe en sloeg haar armen om haar heen en streelde troostend haar rug. Dat hielp niet echt om haar tranen te stoppen en vol te houden dat er niets aan de hand was.

'Laat me maar los, Minh, het gaat wel weer,' zei ze na een poosje, ze was er niet aan gewend door iemand vastgehouden te worden, door iemand te worden getroost. Ze wilde nog steeds afstand bewaren, zelfs van Minh, haar beste vriendin. Johan was de enige die ze dichtbij had durven laten komen en hij was er de reden voor dat ze nu met een gebroken hart, huilend in haar keuken stond.

Minh liet haar meteen los. Ze keek haar bezorgd aan en veegde een pluk haren uit haar gezicht weg.

'Johan vertelde me dat jullie elkaar niet meer zien,' zei ze terwijl ze haar nog een stuk keukenpapier aangaf.

Eva knikte snel.

'Het leek me voor hem ook een probleem te zijn,' vervolgde Minh. 'Sinds wanneer is dat eigenlijk?'

Eva pakte het dienblad op en liep er mee naar de woonkamer, ze begon twee koppen vol te schenken alsof Minh haar helemaal niets gevraagd had.

'Eva?' Minh ging zitten en pakte de kop koffie van haar aan.

Met een zucht liet ze zich weer in haar stoel zakken.

'Hoelang zijn jullie al niet meer bij elkaar?'

'Een week of drie.' Ze nam een slok van haar koffie, in de hoop de enorme brok weg te kunnen spoelen maar de koffie was veel te heet en ze verslikte zich.

'Een week of drie en je hebt me nog helemaal niets gezegd?' Minh stond op, ging op de leuning naast haar zitten en klopte haar op haar rug.

Weer liepen er tranen over haar wangen, van het hoesten en van het huilen.

'Wat is er gebeurd?'

Eva haalde haar schouders op en deed haar best zich weer in de hand te krijgen, maar het bleek een hopeloze zaak te zijn. Minh bleef zitten waar ze zat. Een arm om haar heen geslagen en zacht haar haren strelend. Met horten en stoten vertelde ze Minh wat er was gebeurd en ze was er weer van overtuigd dat ze een vreselijke fout had gemaakt.

Toen ze klaar was, voelde ze zich beter, nee niet beter – ze vroeg zich af of ze zich ooit beter zou kunnen gaan voelen – ze voelde zich opgelucht, dat ze aan iemand het hele verhaal had verteld.

'Maar je houdt van hem,' zei Minh, nadat ze ook de tranen uit haar gezicht had geveegd.

Eva haalde haar schouders op. 'Ik denk het wel, maar hoe moet ik dat eigenlijk weten?'

'Ik denk, dat wanneer iemand die sterke gevoelens in je los kan maken als Johan bij jou doet, dat dat houden van is, Eva.' Minh pakte een zakdoekje uit het pakje dat op de tafel lag en gaf het haar. 'Ik geloof dat je niet zo van slag zou zijn geweest als je niets voor hem zou voelen.'

'Wist jij het meteen toen je Nico leerde kennen?' vroeg ze haar vriendin uiteindelijk.

'Ja.'

'Ja?'

'Ja, ik wist het meteen.'

Minhs ogen begonnen te stralen, zoals ze alleen maar deden als ze over Nico sprak. Ze straalden zoals de ogen van aanstaande bruidjes straalden als ze over hun verloofde spraken, of over hun bruiloft.

'Jullie hebben veel langer nodig gehad om te besluiten of jullie zouden trouwen of zouden gaan samenwonen als Johan en ik bij elkaar waren.' Eva snoot haar neus en schoof een stukje bij Minh vandaan. Het ging inmiddels weer een beetje beter met haar en voorlopig zou ze haar tranen wel weer de baas zijn.

'Ja, dat wel. Toch wist ik zeker dat het er ooit van zou komen, dat hij de man was waar ik mijn leven mee wilde delen.'

'Ben je nooit bang dat je een vergissing gemaakt hebt?'

'Nee, ik heb geen vergissing gemaakt. Ook als het niet altijd zo romantisch of fantastisch loopt als ik en waarschijnlijk ook Nico zou willen, ben ik er zeker van dat het goed is. Hij is er voor mij als ik hem nodig heb, ik weet dat hij van mij houdt. Ik ben er voor hem als hij mij nodig heeft, hij weet dat ik van hem hou.'

Zou het echt zo makkelijk zijn? Eva begon hoe langer hoe meer aan haar verstand te twijfelen.

Hoofdstuk 23

Er stond een witte tulp in een vaasje op Eva's bureau. Een moment staarde ze er beduusd naar. Er zat geen kaartje bij, maar eigenlijk wist ze wel dat hij van Johan kwam. Hij had haar vorige week ook iedere dag tussen de middag iets te eten laten bezorgen. Ook had hij een cd met klassieke muziek opgestuurd, een cartoonboek over workaholics, en bloemen, heel veel bloemen. Het was duidelijk dat hij veel aan haar dacht en dat hij haar nog niet helemaal had opgegeven. Misschien had hij Carola gezien en had ze hem moed ingesproken.

De volgende ochtend was er een nieuwe tulp: een rode. Op woensdag een oranje. Donderdag een gele en op vrijdag een hele bos gekleurde. Hoewel ze net had willen doen alsof het haar niet zoveel interesseerde, telde ze ze. Vijfentwintig stuks: tien witte en verder van iedere kleur vijf.

Dit keer zat er een kaartje bij: *"Gewoon omdat je dan in ieder geval even aan iets anders denkt, dan je werk. Liefs, Johan".*

Dat was gelukt, dacht ze met een glimlach, terwijl ze de bonte bos stond te bekijken. Het lukte hem steeds weer. Ze dacht voortdurend aan iets anders dan haar werk, ze dacht voortdurend aan hem en hoe ze hem miste. Ze was ervan overtuigd geweest dat het niet zo heel erg moeilijk moest zijn om weer precies te doen wat ze gedaan had vóór Johan. Werken. Ze kon tenslotte maar aan één ding tegelijk denken en als hij er niet was om haar af te leiden, dan had ze alleen haar werk en was ze hem snel genoeg vergeten. Dat had ze tenminste gedacht én gehoopt. Toch was er iets in haar veranderd. Inmiddels durfde ze aan zichzelf toe te geven dat niet het geld wat hij had zo'n grote rol had gespeeld. Het was meer zo dat ze er bang voor was geweest zich zo aan hem te geven. Er waren al zoveel situaties geweest waarin hij haar had geholpen, dat zij hem nodig had gehad. Ze was bang dat ze zo afhankelijk van hem zou worden, dat ze niet meer in staat zou zijn om haar eigen beslissingen te nemen. Het had een poosje geduurd voor ze zich dat gerealiseerd had. Het waren niet haar wensen die ineens in vervulling zouden kunnen gaan. Het was haar onafhankelijkheid waar ze zich zorgen om maakte.

Ze staarde naar de bos met tulpen. De vraag was: wilde ze het verder nog wel alleen doen?

'Wat is er tussen jou en die vent toch aan de hand?'

Ze schrok op uit haar overpeinzingen toen ze Haralds stem naast zich hoorde, ze had niet eens haar kantoordeur open horen gaan. 'Is het een beetje over?' Harald kwam bij haar op het bureau zitten alsof ze hem had uitgenodigd dat te doen. Brutaal las hij het kaartje dat bij de tulpen zat.

Ze reed haar stoel een stukje naar achteren en stond op. 'Zou je misschien kunnen weggaan? Ik heb wel iets beters te doen, dan naar jouw opmerkingen te luisteren. Heb je zelf geen werk te doen?'

'Dat doe jij toch voor me?'

'Dat kun je vergeten. Ik doe helemaal niets meer voor je!' riep ze tegen hem.

Ze pakte een stapel papieren, die ze van hem had gekregen en duwde die in zijn armen. Daar hij ze niet aanpakte en zij ze losliet dwarrelde alle papieren naar de grond.

'Dat was niet erg handig van je.' Er was een gemene grijs op zijn gezicht verschenen en hij stond op van haar bureau. Een moment dacht ze dat hij van plan was om weg te gaan, maar in plaats daarvan gooide hij de deur van haar kantoor dicht en greep haar bij haar arm, daarna duwde hij haar met haar rug tegen de muur. Ze was zo verbijsterd dat ze niet echt in staat was om te handelen. 'Schat, ben je misschien een beetje gefrustreerd? Is die Johan van je toch te oud om je te geven wat je nodig hebt? Daar kan ik wel iets aan doen hoor.' Hij streelde haar gezicht, maar voor hij zijn lippen op de hare had kunnen drukken had ze zich genoeg van de schrik hersteld en sloeg ze hem hard in zijn gezicht. Hij week een stap achteruit en ze glipte aan hem voorbij.

Ze liep rechtstreeks naar het kantoor van Stuart. Dit keer was Harald echt te ver gegaan. Hij had vaker seksueel getinte opmerkingen tegen haar gemaakt, maar nog nooit eerder had hij haar ook aangeraakt. Ze had schoon genoeg van hem, hij wist van geen ophouden en het werd steeds erger.

Ze klopte niet aan, liep naar binnen en gooide de deur harder achter zich dicht dan haar bedoeling was. Ze schrok er zelf ook behoorlijk van.

Stuart keek van zijn werk op en glimlachte opbeurend naar haar. 'Hallo, Eva.'

'Sorry,' verontschuldigde ze zich met bonzend hart, maar zijn glimlach gaf haar een beetje moed. 'Of je gooit Harald er uit, óf ik ga. Ik kan niet langer meer met hem werken.' Ze begon meteen, voor ze zich zou bedenken en terug zou krabbelen, of Stuart haar er toch nog uit zou gooien.

Hij gebaarde haar om te gaan zitten. 'Vertel me dan maar waarom dat zo is.'

Ze slikte en nam aan zijn bureau plaats. 'Omdat hij alles doet om me het leven zuur te maken. Het meeste werk dat ik doe is van hem omdat hij bar weinig uitvoert en hij is persoonlijk ook niet om uit te houden.'

Stuart bleef glimlachen. 'Jij hoeft je over jouw baan geen zorgen te maken. Harald is degene die eruit gaat. Je bent niet de eerste die over hem klaagt.'

'Echt?' Hoewel ze best wist dat ze Stuart geen grote redenen had gegeven om voor Harald in plaats van voor haar te kiezen, was ze toch een beetje verbaasd. Ze realiseerde zich dat Haralds getreiter vooral de afgelopen maanden behoorlijk doel had getroffen en haar zelfvertrouwen, zelfs waar het haar werk betrof, nog maar erg weinig voorstelde.

'Ja natuurlijk.' Stuart pakte het papier wat voor hem lag. 'Ik ben aan de ontslagvergunning bezig.'

Eigenlijk kon ze zich niet herinneren dat ze ooit eerder zo opgelucht was geweest.

Stuart nam haar onderzoekend op. 'Is Harald de reden waarom jij er de laatste tijd zo vreselijk moe uitziet?'

Ze durfde bijna niet te antwoorden. 'Niet alleen.' Meer hoefde hij ook niet te weten.

'Is het werk je teveel?'

'Nee! Nee, natuurlijk niet. Het gaat allemaal prima, alleen loopt het tussen Harald en mij niet lekker, dat heeft niets met mijn werk te maken. Ik ben inmiddels weer helemaal topfit.'

'Eva.' Stuart zuchtte. 'Waarom ben je zo koppig? Waarom ben je niet eerder naar me toe gekomen om te vertellen dat Harald je zó dwars zit?'

'Zo erg was het nu ook weer niet,' mompelde ze.

'Niet? Ik heb wat verhalen van andere collega's gehoord. Ik was van plan je er morgenmiddag op aan te spreken. Zou je me dan hebben gezegd wat er aan de hand is?'

'Dat weet ik niet. Het is allemaal niet zo erg.' Ze was ook inderdaad weer een beetje tot zichzelf gekomen.

'Eva, ik geloof dat je hier niet zou zijn als het allemaal niet zo erg zou zijn geweest.' Hij stond op, liep naar het koffiezetapparaat en schonk een kop koffie voor haar in. 'Als je wilt kunnen we je contract veranderen. Het is best mogelijk dat je minder werkt.' Hij zette de koffie voor haar neer en ging weer zitten.

Ze zag in een flits haar leven voor zich zonder haar werk en realiseerde zich dat ze dan helemaal niets meer had. Ze raakte bijna in paniek. 'Nee!'

'Eva, de wereld vergaat niet als je een paar uur minder werkt in de week.'

Geschokt staarde ze haar baas aan. Die woorden had ze weleens precies zo van Minh gehoord. 'Ben ik te duur?'

'Nee, Eva. Je bent iedere cent die je verdient waard.' Hij roerde drie klontjes suiker door zijn koffie. 'Maar niemand heeft er iets aan als straks mijn *Event Director* instort.'

'Ik stort niet in.' Ze nam een slok van haar koffie en had het gevoel dat ze droomde. '*Event Director*?' vroeg ze hem hakkelend. 'Ik?'

'Ja, natuurlijk.' Stuart zuchtte. ' Je hebt toch niet ook maar een moment gedacht dat jij die baan niet zou krijgen?'

Ze slikte. 'Ik heb al die tijd gedacht dat Harald voor die baan in aanmerking zou komen.'

'Harald?' Stuarts gezicht betrok. 'Je bedoelt dat hij de oorzaak was van je problemen?'

Snel haalde ze haar schouders op en knikte. Het was één van zijn favorieten onderwerpen geweest. Vóór Johan in haar leven gekomen was tenminste.

'Harald zou die baan nooit hebben gekregen. Alina had meer kansen dan hij. Ik denk dat Harald daar best van op de hoogte is.'

'Maar hij zei steeds...'

'Het spijt me, Eva,' onderbrak Stuart haar, zijn hoofd schuddend. 'Ik begrijp niet dat ik niet eerder heb gezien wat er hier aan de hand is.'

'Jij had wel iets anders aan je hoofd.' Ze haalde haar schouders op. 'Het leek me niet belangrijk, als ik mijn werk maar afkreeg.'

'Niet belangrijk?' Hij leek buitengewoon verontwaardigd.

'Hoe is het met Michel?' onderbrak ze hem met een glimlach.

'Goed hoor.' Stuart glimlachte terug. 'Hij groeit als kool.' Hij keek daarna meteen weer ernstig. 'Verander nu maar niet van onderwerp.'

'Waarom niet?' Ze haalde haar schouders op. 'Dat is een leuker onderwerp dan Harald.' Ze keek naar de foto die op de kast stond. Stuart, zijn vrouw Mary en Michel, de baby. Hij was duidelijk een trotse, blije vader.

'Daar heb je gelijk in,' zei hij, terwijl hij ook even naar de foto keek. 'Maar ik maak me een beetje zorgen om je.'

'Dat is niet nodig. Als Harald weggaat, gaat het allemaal weer een stuk beter.' Ze stond op. 'Ik moet aan het werk, over een uurtje begint dat concert en ik wil kijken of alles loopt zoals het hoort.'

'Natuurlijk loopt dat zoals het hoort. Jij hebt het geregeld.' Stuart stond ook op. 'Je hoeft je geen zorgen te maken, Eva. Harald gaat eruit en volgende maand ben jij *Event Director*. Tijdens de team-bespreking van komende woensdag maken we het officieel bekend. Overmorgen wil ik dan, als je tijd hebt, met je over de contractveranderingen praten. Er zit een hoger salaris aan dat baantje vast.' Hij grijnsde.

Ze slaagde erin om terug te glimlachen. 'Dank je.' Ze draaide zich om en liep het kantoor uit.

Event Director.

Ze zou die baan krijgen.

Waar bleef de vreugde die ze had verwacht, die hoorde bij die promotie?

Ze voelde helemaal niets. Ze voelde zich moe, leeg, en wat het ergste was: alleen.

Gelukkig was Harald uit haar kantoor verdwenen toen ze terugkwam. De papieren lagen natuurlijk nog precies waar ze waren gevallen.

Hoofdstuk 24

Eva keek op toen ze de deur hoorde en tot haar verbazing kwam Johan haar kantoor binnenlopen. Haar hart begon wild te kloppen en ze kreeg het meteen heel erg warm.

Doelbewust kwam hij naar haar bureau en hij zette er een picknickmand op. 'Hallo, Eva, het is lunchtijd.'

Ze wierp snel een blik op de klok en stelde vast dat het inderdaad halféén was.

'Hallo, Johan.' Haar stem was hees en ze realiseerde zich weer hoe vreselijk ze hem miste. Hoe vreselijk ze hem had gemist, hij stond nu tenslotte voor haar neus. Niet iemand die hij opdracht had gegeven iets te brengen, deze keer was hij het zelf.

'Ga je met me picknicken?' vroeg hij haar, zijn bruine ogen had hij op de hare gericht en ze kon onmogelijk nee zeggen.

'Ja, ik ga met je mee,' zei ze met een glimlach, die helemaal vanzelf verscheen.

Even zag ze de opluchting in zijn ogen flitsen. Blijkbaar was hij niet zo zeker van zijn zaak, als het had geleken. Ze trok haar blik van de zijne los en sloot de map, waar ze in aan het lezen was geweest en keek snel in haar agenda. 'Om halfdrie moet ik weer hier zijn,' zei ze terwijl ze opstond en naar de kapstok liep om haar jas te pakken.

'Dat is geen probleem.' Hij glimlachte. 'Ik ben al blij dat je met me meegaat. Ik had verwacht dat je zou protesteren, omdat je geen tijd zou hebben.'

'Ik moet toch eten,' zei ze bedeesd terwijl ze aan het bekertje aardbeienyoghurt in de koelkast dacht.

'Dat klinkt goed.' Hij bekeek haar van top tot teen. 'Hoewel je eruitziet alsof het al een poosje geleden is dat je iets hebt gegeten. Eet je helemaal niets van wat ik je stuur? Gaat het goed met je?'

Ze haalde haar schouders op terwijl ze knikte en naar hem toeliep. Automatisch legde ze haar hand op zijn arm. Ze moest hem gewoon even aanraken.

Hij legde zijn hand over de hare en keek haar aan, toen glimlachte hij en haar hart sloeg op hol. 'Laten we maar gaan dan.'

Johan reed naar het park in de buurt van het kantoorgebouw. Het was heerlijk weer en ze waren niet de enige die besloten hadden in de lunchpauze een beetje zon mee te pikken, maar ze vonden toch een plekje op het grote grasveld.

Johan had een plaid meegenomen, die hij onder een boom uitspreidde. Hij zette de mand er op en ging zitten. Eva volgde zijn voorbeeld. Ze kon haar ogen amper van hem afhouden. Het was heerlijk om naar hem te kijken. Zijn ogen ontmoetten de hare en ze dacht er alles in te kunnen zien wat zij voelde: liefde, hoop, angst. En ze stond op het punt om dichter naar hem toe te schuiven, zodat ze elkaar konden vasthouden. Er stootte echter iets tegen haar been en een beetje geschrokken verbrak ze het oogcontact. Er lag een voetbal op het kleed. Een blond jochie kwam naar hen toe gerend. Hij bood zijn excuses aan en Eva gooide hem de bal toe, nadat ze hem ervan had verzekerd dat het niet zo'n probleem was. Ze slaakte een zucht en besloot om nu toch te blijven zitten waar ze zat.

'Ik heb die promotie,' zei ze, zodra ze haar aandacht weer op Johan had gericht. Opnieuw gleed er een glimlach over haar gezicht. Inmiddels was ze er echt blij mee en het was fijn om dat nieuws met hem te kunnen delen.

'Gefeliciteerd,' zei hij op zachte toon en in zijn ogen kon ze zien dat hij trots op haar was. 'Die promotie heb je helemaal verdiend.'

'Dank je.' Ze keek toe hoe hij twee belegde broodjes uit de mand pakte. Daarna hoe hij een fles sinaasappelsap open maakte en twee champagneglazen vol schonk.

'Harald is ontslagen. Ik was niet de enige die problemen met hem had, ook een aantal klanten hebben over hem geklaagd en privé schijnt het ook niet zo goed voor hem te lopen. Het gaat me niets aan en ik wil ook niet meer over hem nadenken. Volgende week gaat hij weg. Nu heeft hij de rest van zijn vakantiedagen opgenomen.' Ze vond het vreselijk om over Harald te praten, toch was het belangrijk dat Johan ook dat wist.

'Dat Harald weg is, zal het allemaal makkelijker voor je maken, dan hoef je je niets meer aan te trekken van wat hij tegen je zegt, van wat hij wil dat je doet.' Hij overhandigde haar een glas sap.

'Dan blijft er zeker werk liggen dat gedaan moet worden.' Daarover maakte ze zich nog wel een beetje zorgen omdat ze niet nog meer wilde gaan werken dan ze nu al deed.

'Is Stuart niet van plan om nog iemand aan te nemen?' Er ontsnapte haar een zucht.

'Ik geloof het wel, maar hij heeft nog niemand gevonden.'

'Eva, Stuart is niet gek. Hij laat jou echt niet al het werk van Harald opknappen. Dat is overigens ook niet jouw probleem. Stuart heeft Harald ontslagen, daar had hij zijn redenen voor en hij heeft ingezien dat het bedrijf beter af is zonder Harald dan met. In principe heb jij daar niets mee te maken, tenzij het een contractverandering met zich meebrengt.'

Zoals Johan het zei, klonk het allemaal logisch.

'Ik krijg wel een nieuw contract.'

'Wil je dat ik er naar kijk?' bood hij aan.

'Nee, dat hoeft niet, dank je. Ik ben redelijk goed in contracten.' Ze glimlachte. 'Ik denk niet dat Stuart van plan is om me op de één of andere manier dwars te gaan zitten.'

'Erg geholpen heeft hij je ook niet, wat de situatie met Harald betrof.' Johan klonk een beetje nors.

'Hij heeft het niet gemerkt, denk ik. Hij had een paar andere dingen aan zijn hoofd.'

Johan trok zijn wenkbrauwen op, maar glimlachte daarna weer en hief zijn glas op, om te proosten op haar baan als *Event Director*. De tijd vloog om terwijl ze over koetjes en kalfjes spraken en het was Johan die haar vertelde dat het tijd werd om terug te gaan naar kantoor. Als het aan haar had gelegen, zou ze het helemaal zijn vergeten. Ze treuzelde zelfs bij het inpakken van de mand en liep langzamer dan anders terug naar de auto.

Voor Johan de auto startte pakte hij haar hand vast en drukte er een kus op. Toen hij haar aankeek zag ze een aarzeling in zijn ogen en ze wist dat hij het thema, dat ze beiden hadden vermeden aan te spreken, nu toch onder woorden zou brengen.

'Wij hebben een hele fase van een relatie overgeslagen,' begon hij. 'We hebben ons halsoverkop in de affaire gestort, zonder dat we hadden verwacht dat het al zo snel zo serieus zou gaan worden. We zaten alle twee, maar vooral jij, niet echt op een relatie te wachten en ik denk dat het je daarom veel te snel gegaan is. We hebben niet rustig de tijd genomen elkaar beter te leren kennen.

Om eens met elkaar uit te gaan, om stap voor stap onze relatie op te bouwen zoals andere stellen dat doen.'

Ze staarde naar hun handen die elkaar vasthielden alsof ze nooit meer los zouden laten. Eigenlijk wist ze niet zeker of ze met hem over hun relatie – of het ontbreken daarvan – wilde praten. Ze hadden juist zo'n heerlijke picknick gehad.

'Ik denk dat je gelijk hebt.' Ze haalde een keer diep adem. 'Het ging veel te snel.'

Hij verbrak het contact, zonder verder op haar woorden in te gaan. 'Ik zal je naar je werk brengen.'

Hij startte de motor en reed naar het kantorencomplex waar ook haar kantoor was. Ook hij stapte uit en liep met haar mee naar boven. Al die tijd zwegen ze. Het was weliswaar een beetje een gespannen zwijgen, maar Eva vond het toch heerlijk dat hij bij haar was.

'Ik mis je, Eva.' Ze waren inmiddels in haar kantoor aangekomen. 'Zou je af en toe eens met me uit willen gaan?' vroeg hij.

Op zijn vraag was maar één antwoord mogelijk.

'Ja.' Haar stem trilde licht.

'Ik zal niet meer over trouwen beginnen of samenwonen.' Hij streelde teder haar gezicht.

'Oké.' Ze boog zich een stukje naar hem toe en het duurde niet lang voor zijn lippen op de hare waren. Het voelde aan alsof ze na lange tijd eindelijk thuiskwam.

Een klopje op de deur zorgde er voor dat Eva zich weer bewust werd van haar omgeving, dat haar inviel waar ze mee bezig was en waar. Ze maakte zich uit Johans armen los, nogal opgelaten toen ze Alina zag staan.

'Ik wil jullie niet storen, maar over een kwartiertje komt meneer Wenzel en het lijkt me dat je er niet echt op zit te wachten dat hij je kantoor binnen komt lopen, terwijl jullie aan het zoenen zijn.' Alina grijnsde.

Eva knikte. 'Dank je.' Het was alleen maar een fluistering en ze was blij dat Alina daarop meteen haar kantoor weer verliet. Eva verdween snel achter haar bureau en durfde Johan bijna niet aan te kijken.

Haar handen trilden, haar gezicht voelde warm en was waarschijnlijk vuurrood, ook sloeg haar hart veel te snel.

'Maak je maar geen zorgen over wat Alina nu van je denkt. Ze heeft het goed met je voor. Met jou en mij.' Toen ze naar hem keek, zag ze dat hij ook grijnsde. Hij was een heel stuk meer ontspannen dan toen hij haar was komen halen voor de picknick. 'Je hebt vast hulp van haar, met al dat eten en die bloemen.' Ze keek haar kantoor eens door. 'Bovendien komen je boodschappen altijd op een gunstig moment.'

'Ja. Alina houdt me een beetje op de hoogte.' Hij glimlachte. 'Ze maakt zich ook zorgen om je en ze schijnt me aardig te vinden.'

'Dat is niet zo moeilijk,' zei ze eerlijk en ze voelde een klein beetje jaloezie. Belachelijk natuurlijk, hij had haar net gezoend alsof zijn leven ervan afhing, en niet Alina.

Hij grijnsde jongensachtig.

'Dank je, dat je bent gekomen.' Ze keek hem aan. 'Ik zou het anders met een bekertje yoghurt hebben moeten doen.'

'Zou het alleen bij het bekertje yoghurt zijn gebleven?' vroeg hij bezorgd en hoewel hij het niet vroeg, wist ze best dat hij wilde weten of ze pillen nam.

'Ja, het zou bij het bekertje aardbeienyoghurt zijn gebleven en vanavond misschien een pizza.'

'Je moet beter voor jezelf zorgen.' Hij keek haar een beetje beschuldigend aan.

Eva knikte langzaam, natuurlijk had hij gelijk.

'Ik ga er vandoor, je hebt een afspraak.' Hij liep om het bureau heen en trok haar in zijn armen. Hij drukte nog een kus op haar lippen en liet haar los. 'Pas goed op jezelf.'

Ze knikte weer en wist geen woord uit te brengen. Hij draaide zich om en liep haar kantoor uit. Ze keek hem na en zag dat hij naar Alina zwaaide. Hij had er met geen woord over gesproken wanneer ze elkaar weer zouden zien. Haar oog viel op de klok en ze zag dat het bijna halfdrie was. Ze pakte de spullen die ze voor het volgende gesprek nodig had en las snel het belangrijkste door. Tot nu toe was meneer Wenzel nog nooit op tijd verschenen en ze hoopte – ook voor het eerst in haar leven – dat hij dat nu ook niet zou doen. Ze had nog een paar minuten nodig om weer op adem te komen.

Alina grijnsde veelbetekenend toen ze na haar succesvolle gesprek met de klant, naar haar toe was gelopen om wat informatie weg te brengen. 'Het was leuk om jou en Johan weer samen te zien.'

Eva voelde dat ze weer kleurde. 'Dat had niets te betekenen,' hakkelde ze.

'Ja, vast. Als je me nu gaat vertellen dat je niets meer met hem te maken wilt hebben, geloof ik je toch niet. Je houdt van hem. Je was doodongelukkig zonder hem,' bemoeide Alina zich er ongevraagd mee. 'Johan heeft een hele goede invloed op je, je hebt zelfs wat kleur op je wangen.'

'Die zou jij ook hebben als je werd betrapt bij het zoenen,' viel ze tegen haar collega uit.

'Alleen al het feit dat ik jullie kon betrappen, betekent dat er tussen jullie iets is en dat het niet alleen van zijn kant komt.' Alina glimlachte en het leek haar niet te storen dat Eva nogal heftig had gereageerd. 'Als hij niet een beetje voor je zou hebben gezorgd, zou jij allang van je graatje zijn gevallen.'

'Zo erg is het nu ook weer niet,' protesteerde ze. Dit gesprek maakte dat ze het nog veel warmer kreeg, alsof het niet al gênant genoeg was dat Alina haar en Johan innig kussend had betrapt, nu moest ze er ook nog over praten.

'Zo erg is het wel. Ik was in ieder geval blij jullie samen te zien.' De telefoon ging en Alina nam op. Opgelucht dat ze niet meer over Johan kon beginnen liep Eva naar haar kantoor terug.

Hoofdstuk 25

Ze was zwanger!

Eva werd wakker uit een nachtmerrie met de zekerheid dat ze zwanger was. Ze hijgde nog een beetje na van de akelige droom. Op de cijfers van haar wekker, zag ze dat het precies drie uur was. In het donker ging ze rechtop zitten en trok het dekbed, dat ze van zich af had geschopt, weer over zich heen. Ze had het ijskoud en was zwanger.

Hoe ze daar zo bij kwam wist ze niet, ze wist niet eens of het met haar droom te maken had. Eigenlijk herinnerde ze zich van de droom niet zoveel, wel dat Johan erbij betrokken was en dat ze vreselijk bang om hem was geweest. Ze rilde een keer en haalde diep adem. Ze keek opnieuw op haar wekker: 03:01.

Ze kon onmogelijk Johan opbellen om hem te vragen of het goed met hem ging. Het was alleen al belachelijk om te denken dat het niet goed met hem ging, alleen omdat zij angstig over hem droomde.

Na nog een paar minuten in het donker te hebben gezeten, wachtend tot ze haar ademhaling weer een beetje in de hand had, knipte ze het licht aan en pakte ze haar telefoon van het nachtkastje. Ze wist het eigenlijk nogal zeker, maar ze hoopte te kunnen berekenen dat het niet zo was. Wanneer was ze voor het laatst ongesteld geweest?

Ze begon in de kalender van haar telefoon te bladeren en realiseerde zich dat ze dat al zeker drie maanden niet meer geweest was. Ze slikte, was de tijd zo snel voorbij gegaan dat ze zich niet had gerealiseerd dat ze dat had overgeslagen? Nee, de tijd kroop de laatste tijd voorbij. Ze legde de telefoon terug. In die tijd had ze die problemen met die peppillen gehad, haar gevoelens waren algemeen een puinhoop vanwege Johan en de situatie op haar werk. Het was er wel een verklaring voor dat ze zich bijna voortdurend misselijk voelde. Tot nu toe had ze het op de drukte en haar slechte eetgewoonte gegooid en een beetje omdat ze Johan nog steeds zo vreselijk miste. Wat ze ook probeerde, hoe hard ze ook werkte, dat gevoel werd maar niet minder.

Nu had ze echter iets anders om over na te denken. Ze was zwanger. Dat betekende dat ze een baby zou krijgen.

Een baby. Nooit eerder had ze daarover nagedacht. Zelfs als ze zich als tiener een paar minuten had toegestaan om van een man te dromen, waren kinderen nooit in haar gedachten geweest. Ze wilde carrière maken, dat was alles. Geen kinderen, geen man, helemaal niets of niemand die haar pijn zou kunnen doen, die haar toch weer zou verlaten. Nu zou ze een kind krijgen: een baby van Johan.

Waarom voelde ze zich zo heerlijk warm worden? Waarom raakte ze niet in paniek bij die gedachte? De laatste tijd raakte ze toch bij alles wat ook maar een klein beetje anders liep dan gepland in paniek?

Ze pakte haar telefoon weer en zocht het nummer van Johan op. 03:17

Ze kon hem onmogelijk op dit uur van de nacht bellen, om hem te vertellen dat ze zwanger was en dat hij dus vader zou worden. Misschien wilde hij helemaal geen vader worden. Ze herinnerde zich aan wat hij tijdens het eerste weekend dat ze samen waren, had gezegd. Ze hadden het er daarna nooit meer over gehad. Ze zuchtte diep en legde de telefoon weer neer. Hij dacht dat hij al te oud was om vader te worden. Ook had hij toen gezegd dat er een moeder voor nodig was die hem vader zou maken en tenzij zij zich als vrijwilligster zou melden, dat ook problemen zou gaan geven. Hij had echter niet gezegd dat hij het een ramp zou vinden om vader te worden, alleen dat de omstandigheden er nog niet naar waren geweest, tot zij in zijn leven was verschenen. Ze deed het licht uit en ging liggen. De volgende ochtend zou ze een zwangerschapstest halen en zodra ze de kans ervoor had zou ze naar dokter de Jager gaan om zich te laten onderzoeken. Haar gezondheidstoestand was niet zo denderend dat het voor een baby goed zou kunnen zijn. Er zou heel veel moeten veranderen in haar leefpatroon. Ze moest een paar beslissingen nemen. Beslissingen over haar leven, over het leven van haar kind, over haar baan, pianospelen en Johan. Ze wilde met hem opnieuw beginnen, maar dat zou pas gaan als ze alles voor zichzelf weer op een rijtje had. Ze kon alleen maar hopen dat hij haar dan nog zou willen.

Ze voelde zich heerlijk rustig worden en kreeg het een klein beetje warmer dan ze het de laatste paar weken had gehad. Ze deed het licht uit, ging liggen en trok het dekbed om zich heen en het duurde niet lang voor ze sliep.

Voor het eerst in maanden werd ze de volgende ochtend een paar minuten voor haar wekker zou aflopen wakker, uitgeslapen en vol goede moed.

Hoofdstuk 26

Twee dagen later kreeg Eva van de gynaecoloog de officiële bevestiging van haar zwangerschap. Ze belde mevrouw Gadingen om een afspraak voor de lunch te maken. Haar vroegere pianolerares was blij iets van haar te horen en ze besloten er een vroege lunch van te maken.

Toch wel erg beetje nerveus liep ze om halftwaalf het restaurant binnen, hoewel ze een goed gevoel had bij haar beslissingen, hoopte ze dat ze in staat zou zijn een normaal gesprek te voeren en niet weer zo van slag zou raken.

Mevrouw Gadingen was er al en toen ze Eva zag aankomen, stond ze op om haar te omarmen. Er stonden tranen in haar ogen na hun omarming.

'Schatz, ik ben blij je te zien.' De vrouw streelde haar gezicht en het scheelde niet zoveel of ze was toch ook meteen al in tranen uitgebarsten. Het lukte haar maar net om zich te beheersen.

'Heeft u al iets te eten besteld?' vroeg ze terwijl ze gingen zitten, opgelucht over de afstand die er nu tussen hen was.

'Nee, ik wilde op jou wachten.'

De serveerster kwam naar hen toegelopen en ze bestelden beiden een gemengde salade en een kop koffie. Eva bedacht zich en bestelde in plaats van koffie, sinaasappelsap. Er was een baby waar ze aan moest denken.

Er viel een korte stilte en Eva zocht de moed bij elkaar om te vragen wat ze zo graag wilde weten. Wat haar, zonder dat ze zich daar bewust van was geweest, haar hele leven al had gekweld.

'Waarom heeft u me nooit opgezocht? Waarom heeft u nooit

meer iets van u laten horen?' Ze slikte maar moest toch een brok in haar keel wegschrapen.

Mevrouw Gadingen zuchtte diep en pakte over de tafel heen haar hand vast. 'Omdat ik niet heb geweten wat er was gebeurd.'

'U heeft het niet geweten?' verbaasd staarde ze de vrouw aan.

'Nee, ik hoorde echt veel later dat je ouders waren gestorven en dat je daarom niet meer kwam. Ik heb toen geprobeerd je te bereiken, maar je was weg. Het was alsof je van de aardbodem was verdwenen. Aangezien ik nogal wat problemen met je ouders had gehad, dacht ik eerst dat ze hadden besloten dat je niet meer mocht spelen.' Mevrouw Gadingen streelde haar hand.

Een snik welde in Eva's keel op. 'Ik heb al die tijd gedacht dat u me geen les meer wilde geven, dat ik niet goed genoeg was en ik niets voor jullie betekende.' Ze trok haar hand terug en begon aan haar servet te friemelen. Het maakte haar erg nerveus, dat ze zich bijna weer net zo voelde als toen. Ze was inmiddels volwassen en geen kind meer. Er was geen reden voor, die pijn nu weer zo duidelijk te voelen. 'Ik voelde me alleen en ik miste mijn ouders zo, ik miste jullie en de muziek. De muziek was vanaf toen helemaal weg uit mijn leven.'

'Hebben ze je echt nooit meer laten spelen?'

Eva schudde haar hoofd. 'Er was geen piano in het tehuis en op een gegeven moment wilde ik ook niet meer. Wilde ik er niets meer mee te maken hebben. Ik wilde vergeten wat er was gebeurd en heb me op mijn carrière gestort. Al heel vroeg wist ik dat ik goed was in het organiseren van dingen. Nadat ik had ontdekt dat er bedrijven waren die feesten voor anderen organiseerden wist ik dat ik dat wilde gaan doen. Ik was veertien. Vanaf dat moment was er niets anders nog belangrijk voor me.'

'Johan heeft verteld dat je het erg goed doet.'

Eva haalde haar schouders op. 'Met mijn carrière gaat het goed, het is inderdaad erg leuk om feesten voor anderen te organiseren. Alleen is mijn privéleven een puinhoop, dat is het altijd al geweest. Ik had niets anders dan mijn werk om me op te storten. Ik wilde tot voor kort niets anders.'

De serveerster kwam terug om de drankjes en het eten op tafel te zetten.

'Ik begrijp nu dat ik je een beetje heb overdonderd met mijn vraag of je weer bij me wilt spelen.' Mevrouw Gadingen begon in haar koffie te roeren en Eva nam een slok van haar sap, daarna keek ze de vrouw aan.

'Het spijt me dat ik in Utrecht weggelopen ben.' Ze haalde een keer diep adem. 'Dat is eigenlijk niets voor mij, maar het werd me teveel.'

'Het geeft niet. Ik begrijp het wel.' Mevrouw Gadingen schudde haar hoofd. 'Ik denk dat Johan er meer van is geschrokken dan ik.'

De gedachte aan Johan en wat er die avond was gebeurd, deed haar hart ineenkrimpen. 'Johan en ik zijn die avond uit elkaar gegaan,' fluisterde ze met trillende stem, terwijl ze een traan van haar wang veegde.

'Eva, Schatz, dat spijt me.'

Eva haalde haar schouders op. 'Ik probeer alles weer goed te maken, ik probeer mijn leven weer op orde te brengen. Als dat een beetje gelukt is, ga ik naar Johan toe. Als hij me dan nog wil.' De gedachte dat hij haar zou kunnen afwijzen probeerde ze te verdringen.

'Ik denk niet dat je je daar zorgen om hoeft te maken.' Mevrouw Gadingen knikte haar bemoedigend toe.

'Ik hoop het.' Ze schraapte haar keel en haalde een keer diep adem. 'Ik denk, dat ik toch ook graag weer zou willen spelen. Ik weet niet of een tournee erin zit, of wat dan ook. Ik zou gewoon om te beginnen weer eens willen spelen onder begeleiding. Ik heb het zo lang niet gedaan.'

'Heb je zelf een piano?'

'Nee. Johan heeft een vleugel, daarop speel... speelde ik af en toe.' Ze slikte. 'Ik denk dat ik zelf wel een piano zal kunnen aanschaffen. Ik heb er alleen nog niet naar gekeken. Piano's ben ik altijd uit de weg gegaan.'

'Dat heeft ook niet zo'n haast. Zeg maar wanneer je tijd hebt.'

Ze had geen tijd.

Nee, ze zou tijd moeten maken.

'Om een uur of negen 's avonds?' vroeg ze aarzelend. Dat die tijd voor haar bijna tot haar normale werktijden hoorde betekende niet dat het voor anderen ook zo was. 'Ik wil, nee, ik moet het een en ander veranderen in mijn leven, maar ik weet niet precies hoe ik dat kan doen. Ik heb net een promotie achter de rug en ik denk niet dat mijn baas blij is als ik alles terugdraai. Hij zal toch wel niet zo blij zijn als hij hoort dat ik zwanger ben...' Ze stopte abrupt, ze had dat niet willen zeggen.

'Dat krijgen we wel geregeld.' Mevrouw Gadingen nam een slokje koffie en glimlachte daarna alsof niets haar gelukkiger had kunnen maken. 'Pianospelen is heel goed als je zwanger bent. Dat is goed voor de ontwikkeling van je kind. Het is goed voor jou om iets te doen wat jij graag doet. Ik heb het gevoel dat het hoog tijd wordt dat je iets echt voor jezelf gaat doen. Zullen we om te beginnen zeggen: maandag-, woensdag- en vrijdagavond om negen uur?'

'Dan neem ik bijna al uw vrije avonden in beslag.'

'Dat geeft niet. Roger komt soms ook op woensdagavond, misschien is het leuk als jullie weer af en toe samen muziek maken.'

'Waarom is het zo belangrijk voor u?' vroeg ze, nadat ze tot zich door had laten dringen dat dit echt was wat ze wilde en ze niet alsnog in paniek zou uitbarsten.

'Je was de beste leerling die ik ooit gehad heb. Je had het helemaal in je om concertpianiste te worden. Ik kan me herinneren dat je dat wilde. Je ouders wilden dat nog liever.'

'Ze vonden het belangrijker dan school,' herinnerde ze zich.

'Dat weet ik, daar was ik het niet helemaal mee eens. Ik vond het beter wanneer je buiten Roger en je piano andere vrienden zou hebben. Je was goed op school omdat je buitengewoon intelligent bent, dat was je geluk.' Ze glimlachte even. 'Je ouders vonden dat pianospelen belangrijker was dan al het andere. Als ze het hadden mogen doen, zouden ze je van school hebben gehaald en je alleen nog maar achter de piano hebben gelaten.' Mevrouw Gadingen nam een slok van haar koffie. 'Je ouders hadden besloten dat ze liever iemand anders als jouw lerares wilden, iemand die je nog vaker zou laten komen en waar er geen afleiding in de vorm van Roger bestond. Ze waren op zoek naar een internaat, maar ze hadden nog niets gevonden waar ze tevreden over de hoeveelheid lesuren waren.'

Eva slikte bij het horen van dit nieuws. Ze wist dat haar ouders Roger niet hadden gemogen omdat hij ook nog andere dingen leuk vond dan pianospelen. Dat ze helemaal niet hadden kunnen begrijpen dat zijn ouders dat ook goed vonden, maar dat ze hem niet meer zou hebben mogen zien, dat ze haar zelfs naar een internaat hadden willen sturen, schokte haar. Ze had nooit veel contact gehad met andere kinderen en maar één keer had ze een meisje van school willen uitnodigen voor haar verjaardag. Daarvoor hadden haar ouders haar gestraft, door haar thuis te laten terwijl zij zelf een concert hadden. Juist door het gebrek aan contact met leeftijdsgenootjes was het zo moeilijk voor haar geweest in het tehuis. Ze was in een andere wereld terecht gekomen, met regels die ze helemaal niet kende.

'Toen ik je zag en hoorde spelen op de eerste avond dat we je weer hadden gezien, wist ik dat je het nog steeds in je had. Je vertelde dat je vijftien jaar geen muziek had gemaakt, maar het klonk alsof je in die jaren iedere dag aan een piano had gezeten. Het ligt aan jou of je nog beter wilt worden.' Mevrouw Gadingen legde een kaartje op de tafel. 'Weet je waar dat is?'

Ze keek naar het adres en knikte. 'Dat is vlak bij Johan. Ik heb helemaal nooit geweten dat u daar woont.'

'Daar woon ik sinds zeven jaar, daar heb ik sinds zeven jaar mijn muziekschool,' legde ze uit.

Al die tijd was het zo dichtbij geweest en ze had van niets geweten. Ze had het dan ook niet willen weten. Ze had zich altijd ver van piano- of andere klassieke muziek gehouden. Het waren de enige concerten die ze niet wilde organiseren. Eva glimlachte en probeerde niet langer aan haar werk te denken. 'Ik heb ook nooit geweten dat u een voornaam hebt.' Er ontsnapte haar een lachje. 'Lieselotte is een mooie voornaam.'

'Dank je.' Mevrouw Gadingen lachte. 'Je kunt me nu ook eigenlijk wel zo noemen.'

Weer terug op kantoor besloot ze Johan te bellen, helaas kreeg ze zijn antwoordapparaat. 'Hallo, Johan,' sprak ze na de piep. 'Met mij, Eva.' Alsof hij haar niet aan haar stem zou herkennen. 'Ik hoop dat je vanavond thuis bent en tijd hebt om met me te praten over onze toekomst. Wat mij betreft hebben we die samen.' Ze moest een brok in haar keel wegslikken. 'Ik hoop dat je er ook nog zo over denkt... tot vanavond dan.' Ze haalde een keer diep adem. 'Johan, ik hou van je,' zei ze en legde de telefoon neer. Ze voelde zich enorm opgelucht dat ze het telefoontje had gepleegd. Vanavond zou alles goed komen.

Hoofdstuk 27

'Eva.'

Nogal geschrokken keek ze van haar werk op. Recht in de groene ogen van Harald.

'Wat wil je?' vroeg ze hem kortaf, hopend dat hij niet had gemerkt dat ze echt van hem was geschrokken.

'Ik wilde gewoon eens kijken hoe het zo met je gaat als *Event Director.*'

'Prima hoor,' reageerde ze kortaf in de hoop dat hij snel weer weg zou gaan.

Harald greep haar echter bij haar schouders vast en geschokt sprong ze van haar stoel op. Daar had hij waarschijnlijk op gerekend; hij duwde haar meteen tegen de muur.

Hoewel ze wist dat hij haar de schuld van zijn ontslag had gegeven, had ze niet verwacht dat hij op een dag in haar kantoor zou komen en haar zou aanvallen.

Met haar rug tegen de muur kon ze geen kant op terwijl hij haar armen boven haar hoofd drukte, ze kon ruiken dat hij alcohol had gedronken en er ging een huivering door haar lichaam. Harald zei niets en keek haar alleen maar aan, nooit eerder had iemand haar met zoveel haat aangekeken en nerveus probeerde ze weer los te komen.

Er klonk een geluid op de gang en geschrokken liet Harald haar met een duw los. 'Als je maar niet denkt dat je zo makkelijk van me afkomt,' dreigde hij waarna hij zich omdraaide en verdween.

Koude rillingen liepen over haar rug. Eigenlijk was ze nooit bang voor hem geweest, zelfs niet die keer toen hij geprobeerd had haar te kussen. Nu wel. Ze liet zich op haar stoel zakken omdat haar trillende benen haar amper nog konden dragen. Sinds hij een paar weken eerder het kantoor had verlaten, had ze niet vaak meer aan hem gedacht. Dit zou ze aan Stuart moeten vertellen, of de politie, tenslotte had Harald haar bedreigd. Ze haalde diep adem en werd weer wat rustiger. Natuurlijk kon ze best haar eigen zaakjes afhandelen, als ze beter voorbereid was geweest had ze vermoedelijk anders gereageerd, dan was ze niet zo enorm van hem geschrokken. Haar telefoon ging voor ze had kunnen besluiten wat ze zou gaan doen en vanaf dat moment had ze geen minuut meer voor zichzelf.

Met een zucht zette ze om halfzeven de laatste map weg en ruimde ze haar bureau op. Ze stopte een stapel bruidsboeken in haar aktetas, met daarbij natuurlijk ook de uitgave waar "haar" jurk instond. Ze kon eindelijk naar huis. Natuurlijk ging ze maar even naar huis. Alleen om zich om te kleden, ze zou Minhs jurk aantrekken, daarna zou ze naar Johan gaan, om hem te zeggen wat ze voor hem voelde en natuurlijk om hem van haar zwangerschap te vertellen en de plannen die ze voor haar leven had gemaakt.
Ze was toch wel wat nerveus en een klein beetje bang dat hij haar hart zou breken, maar veel slechter dan ze zich de laatste tijd had gevoeld kon ze zich niet meer voelen. Diep in haar hart wist ze ook wel dat hij nog steeds van haar hield.
'Hallo, Eva.'
Net toen ze haar kantoor wilde afsluiten kwam Harald het gebouw weer binnenlopen.
'We zijn gesloten. Je hebt hier niets te zoeken.'

Waarom was ze zo'n vreselijk idioot en had ze niemand verteld dat Harald was geweest en ze zich daar toch wel zorgen over had gemaakt?

'Ik ben teruggekomen omdat ik liever alleen met je wil zijn.'

Haar hart begon in haar keel te kloppen en het zweet brak haar uit. 'Ik heb er helemaal geen behoefte aan om met jou samen te zijn. Ik was net van plan om af te sluiten en weg te gaan.' Haar stem trilde.

'Dat hoeft niet meer, dat heb ik al voor je geregeld.' Hij ging dicht bij haar staan en haalde achteloos een pistool uit de binnenzak van zijn jas vandaan.

Haar adem stokte in haar keel en de ontzetting moest van haar gezicht af te lezen te zijn. Hij grijnsde boosaardig.

'Ik begrijp niet wat je van me wilt,' stotterde ze na een paar onwerkelijke seconden, waarin ze tot de conclusie was gekomen dat dit echt gebeurde.

'Eigenlijk wil ik ook helemaal niets van jou.' Hij draaide zich van haar weg en ze zag dat hij zijn schouders ophaalde.

Zijn opmerking zou haar moeten opluchten, maar als hij niets van haar wilde, waarom was hij dan hier en had hij een wapen bij zich?

Hij ging op een stoel zitten naast de deur van haar kantoor, ze zou langs hem heen moeten als ze zou proberen te vluchten.

'Ik wil iets van Heller,' zei hij toonloos, terwijl hij achteloos met het pistool in zijn handen speelde.

'Van Johan?'

Harald knikte, stond weer op, pakte de telefoon van haar bureau en typte een nummer in.

Ze kon vanaf de plaats waar ze zat een pieptoon horen, de pieptoon van een antwoordapparaat.

'Harald hier. Ik heb iets wat jij graag wilt – Eva – en jij hebt iets wat ik graag wil: één miljoen euro. Als je dit hebt gehoord kun je me via Eva's mobiele nummer bereiken, ik denk dat je dat wel kent.'

Harald verbrak de verbinding en legde de telefoon op het bureau neer. 'Het ligt nu aan jouw Johan hoelang het gaat duren voor we hier weg kunnen gaan.'

'En jij denkt echt dat hij zoveel geld voor mij over heeft?' Haar stem trilde en ze voelde zich misselijk worden.

Eén miljoen euro.

'Ik weet zeker dat hij dat voor je over heeft. Hij loopt achter je aan als een mak lammetje, jullie zouden zelfs gaan trouwen.'

'Dat waren geruchten, inmiddels is het een en ander veranderd. Wij zijn niet meer bij elkaar,' antwoordde ze.

Johan had woord gehouden; hij sprak nooit meer met haar over trouwen. Hij had haar de afgelopen twee weken een paar keer gebeld en ze waren een keer samen gaan eten. Hij had het nooit meer met haar over trouwen of samenwonen of een toekomst samen gehad. Na het etentje had hij haar thuisgebracht en ze waren niet eens met elkaar naar bed geweest. Dat was nogal frustrerend, maar als ze heel eerlijk moest zijn, was het ook prettig om te ontdekken dat ze tijd met elkaar konden doorbrengen zonder dat er seks aan te pas kwam. Het was goed dat het een beetje rustiger geweest was.

'Toch weet ik zeker dat hij betaalt.' Harald maakte zich over hun relatie duidelijk minder zorgen als zij.

'En als hij niet zoveel geld heeft?'

'Eva, Eva, ben je echt zo naïef?' Harald schudde niet-begrijpend zijn hoofd. 'Hij zal toch echt iets moeten verzinnen om dat geld te pakken te krijgen. Als hij zijn huis verkoopt, is hij er al bijna. Of die Mercedessen van hem, die leveren ook heel wat op. Ik weet zeker, dat hij een heel eind komt, als hij dat geld al niet gewoon zo uit zijn portemonnee kan trekken.'

'Ik begrijp niet waarom je dit doet. Johan heeft je toch niets gedaan? Ik heb je toch niets gedaan?'

'Niet?' Hij kneep zijn ogen samen. 'Jij hebt ervoor gezorgd dat ik nu geen baan meer heb en ik heb dat geld nodig want ik zit tot over mijn oren in de problemen.'

'Daar kan ik toch niets aan doen. Dat heb je aan jezelf te danken, dat lag niet aan mij. Als je gewoon zelf je werk gedaan had en niet andere mensen had lastiggevallen had je je baan nog kunnen hebben. Dat heeft Stuart je toch gezegd?'

'En jij denkt dat ik hém geloof?'

'Mij geloof je blijkbaar ook niet. Als je me naar huis laat gaan, zal ik niemand iets zeggen. Dan was dit gewoon een misverstand.'

'Ik geloof je inderdaad niet. Ze zitten achter me aan en zonder dat geld ben ik er geweest. Als ik jou laat gaan, moet daar iets tegenover staan en daarvoor gaat jouw Johan zorgen.'

'En als hij dat niet doet?' Kort vroeg ze zich af wat hij bedoelde, maar eerlijk gezegd stond haar hoofd er niet naar om zich nu zorgen om hem te maken. Haar eigen situatie was kritiek genoeg.

'Dat doet hij echt wel.'

'Waarom zou hij zoveel geld voor mij betalen?'

'Hij moet wel. Zelfs als jullie niets met elkaar hebben – wat ik betwijfel, volgens mijn gegevens zien jullie elkaar regelmatig – zal hij je echt niet bij mij laten. Ik kreeg de laatste tijd een beetje het gevoel dat hij me niet erg mag. Bovendien weet ik iets wat waarschijnlijk nog niet zoveel mensen weten. Ik vraag me zelfs af of Johan al van het heugelijke feit op de hoogte is.' Heel even verscheen er iets wat op een glimlach leek op zijn gezicht.

'Ik begrijp je niet.' Opnieuw kwam het gevoel van paniek terug. Harald kon het onmogelijk weten.

'Je was vanochtend bij de gynaecoloog. Je bent zwanger,' ging hij toen toonloos verder.

Ze hapte een keer naar adem toen ze hem hoorde zeggen wat, behalve zij en mevrouw Gadingen, verder alleen haar arts wist. 'Ik was voor een routineonderzoek bij de gynaecoloog,' probeerde ze.

Hij lachte hatelijk. 'Eva, jij bent zo preuts dat ik niet geloof dat een zwangerschapstest een routineonderzoek voor je is. Nee, probeer je er maar niet uit te praten. Ik weet dat je gisteren bij de apotheek een zwangerschapstest hebt gehaald en de manier waarop je straalde, toen je bij dokter de Jager vandaan kwam zegt alles. Bovendien heb ik het nagevraagd. Nadat ik de assistente heb verteld wat voor een gelukkige vader ik zou worden, heeft ze het me gewoon verteld. Je bent zwanger en daarom weet ik zeker dat Johan zal betalen.'

'Heb je me bespioneerd?' De koude rillingen liepen over haar rug. Ze had er niets van gemerkt dat hij haar gevolgd was.

'Dat doe ik al een week of twee, drie. Ik heb niets anders te doen, weet je, ik zit zonder werk. Het is ook niet erg moeilijk om je te bespioneren. Jouw leven is zo voorspelbaar als wat. De enige afwisseling die je hebt gehad, was die lunch met die excentrieke mevrouw Gadingen van vanmiddag en dat etentje met Johan. Ik geef toe, dat jullie relatie niet meer zo heftig is als in het begin, maar jullie hebben nog steeds een relatie met elkaar. Ik ben er trouwens nogal zeker van dat hij je niet zo vaak bloemen zou sturen als je niets meer voor hem betekent. Dit hele kantoor staat er vol mee. Vind je niet ook dat hij het een beetje overdrijft?' Hij keek het kantoor eens rond, daarna richtte hij zijn aandacht weer op haar. 'Het uitje naar de apotheek en dokter de Jager was een hele interessante verrassing voor me, waarna ik ook de prijs heb verhoogd.'

'Dokter de Jager heeft me gezegd, dat ik het rustig aan moest doen, omdat mijn bloeddruk veel te hoog was.' Ze dacht toch niet dat hij haar daarom zou laten gaan? Een nieuwe golf van misselijkheid overspoelde haar en ze kon zich maar net beheersen niet over te geven.

Er verscheen een sadistische grijns op zijn gezicht bij het zien van haar ongemak. Het beviel hem prima om de touwtjes in handen te hebben.

'Wat mij betreft, hoef je je nergens over op te winden. Je kunt bovendien gewoon hier zitten en nietsdoen. In ieder geval vanavond, morgen zien we wel verder.'

Eva kokhalsde en rende toch langs hem heen, naar het toilet om over te geven. Tot haar opluchting schoot Harald niet op haar. Het liefst wilde ze in het toilet blijven, maar ze hoorde de deur opengaan. In haar ogen voelde ze tranen opwellen, zo had ze niet verwacht dat deze dag zou verlopen, maar ze zou niet huilen waar Harald bij was. Ze zou doen alsof het de normaalste zaak van de wereld was, dat ze door een ex-collega met een wapen werd gegijzeld en dat hij wilde dat Johan één miljoen euro voor haar betaalde.

'Eva?' Haralds stem klonk ongewoon bezorgd.

'Laat me met rust!' viel ze tegen hem uit. Ze haalde een keer diep adem, stelde vast dat er niet meer kwam en trok door. Vermoeid stond ze op en ze liep naar de wastafel om haar gezicht te wassen en haar mond te spoelen, in de hoop de akelige smaak weg te krijgen. Toen ze zichzelf in de spiegel zag schrok ze nogal, ze zag bleek en haar ogen waren rood, er liepen nog steeds tranen langs haar wangen. Weer gooide ze een handvol water over haar gezicht. Met de papieren handdoekjes die er hingen droogde ze zich zo goed en zo kwaad als het ging af. Al die tijd stond Harald naar haar bezigheden te kijken, waardoor ze zich vreselijk opgelaten voelde.

'Ik bepaal zelf wel of ik je met rust laat,' zei hij plotseling als een beetje late reactie op haar uitval. De harde toon in zijn stem was weer helemaal terug. 'Ik ben hier de baas.'

Er liep een huivering over haar rug en ze haalde diep adem, daarna liep ze naar haar kantoor, maar de deur zat op slot.

'Je denkt toch zeker niet dat ik je in je kantoor laat? Dan merk je niet eens wat er aan de hand is, dan is het net alsof je gewoon aan het werk bent. Je blijft hier.' Harald duwde haar op de bank in de ontvangsthal die voor bezoekers bestemd was. Ze voelde zich alleen nog maar misselijk en bang. Ze keek toe hoe hij met het wapen stond te zwaaien. Zijn handen trilden en dat maakte haar het bangst. Hoewel hij in het begin een en al zelfverzekerdheid was geweest, leek hij nu niet meer zo goed te weten wat hij moest doen. Hij was nerveuzer en rook nog meer naar alcohol dan eerder die middag.

Eva nam een slok van het water dat Harald in een onverwacht zorgzaam gebaar voor haar op de tafel zette. Vermoeid liet ze zich weer achterover op de comfortabele bank zakken. Haar gedachten gingen met haar op de loop: weer naar Johan. Nu moest hij Harald misschien een groot bedrag voor haar betalen en zou hij haar daarna misschien nooit meer willen zien. Haar niet en ook hun baby niet. Die gedachte maakte dat ze zich nog beroerder voelde. Als hij het geld voor haar zou betalen, zou ze er alles aan doen om het hem weer terug te kunnen geven.

De tijd kroop voorbij terwijl er niets gebeurde. Harald liep nerveus heen en weer, keek een enkele keer door het raam, maar zei niets. Hij leek ergens op te wachten en keek voortdurend op zijn horloge.

Haar telefoon ging en Eva zag dat hij nerveus opsprong en het ding oppakte. Hij liet het nog drie keer overgaan terwijl hij het in zijn handen had en op het scherm stond te kijken.

'Hallo, Johan,' hoorde ze Harald zeggen.

Hoewel ze aan de beltoon al had gehoord dat het Johan was die eindelijk belde, kon ze een snik van opluchting niet onderdrukken. Toen Harald daarop naar haar keek, was duidelijk dat hij het had gehoord. Hij grijnsde een keer naar haar, liep het kantoor van Stuart in en deed de deur dicht. Hij ging voor één van de ramen staan en bleef naar haar kijken.

Ze zag dat hij nogal opgewonden met Johan aan het praten was, maar ze kon hem niet horen. Ze nam nog een slok van het water.

Normaal zou ze in stress-toestanden de ene sigaret na de andere opsteken, maar nu had ze daar geen behoefte aan. Sinds ze 's nachts wakker was geworden en had geweten dat ze zwanger was, had ze geen sigaret meer aangeraakt.

Als ze maar wist wat ze met haar handen moest beginnen. Haar hoofdpijn was ook bijna niet meer om uit te houden, maar ze durfde geen aspirine te slikken. Alles wat haar normaal op de been moest houden, kon ze nu niet nemen. Geen koffie, geen sigaretten, geen pijnstillers of andere pillen; ze was niet van plan om het leven van haar baby nog meer in gevaar te brengen dan ze de afgelopen weken al had gedaan. Het was verbazend dat ze de koffie en de sigaretten niet miste. Ze had altijd gedacht dat ze nooit meer zonder zou kunnen.

Harald kwam de hal weer binnen. 'Heller wil met je praten.' Hij legde zijn hand over het mondstuk. 'Als je één verkeerd woord zegt, is het gebeurd met je.' Hij overhandigde haar de telefoon, ging achter haar staan en duwde het pistool tegen haar hoofd.

Ze was ervan overtuigd dat hij meteen zou schieten als ze iets zei wat hem niet zinde, helaas wist ze niet precies wat hij niet wilde horen.

'Johan.' Ze probeerde zakelijk te klinken en niet doodsbang, maar ze kon zelf al horen, dat dat niet was gelukt.

'Lieveling, is alles goed met je?' hoorde ze Johan bezorgd vragen. Bij het horen van zijn stem, ging haar hart nog sneller slaan en voelde ze zich een klein beetje beter. 'Ja, het gaat goed met me,' loog ze. 'Ik heb het alleen een beetje koud.' Haar stem trilde.

'Niet lang meer, lieveling. Maak je...'

Voor Johan zijn zin had kunnen afmaken of zij op zijn woorden

had kunnen reageren had Harald de telefoon uit haar handen ge-
grepen en de verbinding verbroken.

'Overtuigt je dat er ook niet van dat hij echt wel voor je zal betalen?' Harald grijnsde breed en legde een arm om haar schouders.

'Laat me met rust,' zei ze zwakjes. Oké, ze wist dat Johan zou
betalen, of in ieder geval zou hij alles doen, om haar hier uit te
krijgen. Ze vroeg zich alleen af hoelang het nog zou gaan duren
en hoelang Harald zichzelf in de hand kon houden.

'Weet je wat ik niet begrijp?' Harald kwam naast haar op het
bankje zitten en liet haar gelukkig los. De telefoon legde hij terug
op het tafeltje. 'Ik begrijp niet wat je in die vent ziet.'

'Dat gaat je niets aan.' Ze haalde een keer diep adem en begon
nog veel nerveuzer te worden, hij ging nu toch persoonlijk worden.

'Hij is veel te oud voor je.' Harald liet zijn hand over haar arm
glijden.

Er liep een rilling van walging over haar rug. 'Harald, alsjeblieft
hou op.'

'Ik zal niet ontkennen dat hij een goed uitziende, succesvolle man
is, maar ik begrijp nog steeds niet wat jij met hem wil. Er zijn ook
jongere goed uitziende, succesvolle mannen.' Zijn hand ging omhoog en hij pakte haar kin beet, tegelijkertijd boog hij zich naar
haar toe om haar te kussen.

Ze deinsde achteruit en stond snel op. 'Harald, laat dat!'

Hij greep haar bij haar mouw beet en richtte het pistool op haar.
'Dat bepaal ík!'

Hij stond op, deed een stap in haar richting en zette het pistool
tegen haar hoofd, terwijl hij haar arm achter haar rug draaide.

'Je begint knap vervelend te worden, ik had gedacht dat we het wel eens zouden kunnen worden, nu we tijd samen hebben, maar ik geloof dat ik ergens anders heen wil. Ben je met de Mercedes?'

'De Mercedes?' vroeg ze verward. Haar arm deed pijn, maar het meest maakte ze zich zorgen over het pistool tegen haar hoofd.

'Die sportwagen van Johan natuurlijk.'

'O. Nee, ik ben met de mijne.' Ze was een paar keer met Johans auto naar haar werk gereden, omdat ze in de hare een andere radio had laten inbouwen. Die dagen had ze heel wat rotopmerkingen van Harald moeten verdragen.

'Ook goed, dat is ook redelijk flitsend. Waar heb je hem staan?' vroeg hij ongeduldig.

'Beneden op de parkeerplaats. Bij de ingang,' stotterde ze, terwijl ze zich angstig afvroeg wat Harald met haar zou gaan doen. Ze was stom geweest en was een kort moment vergeten dat hij de controle over de hele situatie had. Hij was de baas omdat hij in het bezit was van een wapen.

'De sleutels zitten in mijn jasje, aan de kapstok in mijn kantoor,' zei ze haastig. Harald mocht haar auto meenemen, ze zou hem alles geven, als hij haar maar met rust zou laten, als hij haar maar zou laten gaan.

'Zo zo, je geeft zomaar je kostbare auto weg?' Hij duwde haar in de richting van het bankje en keek haar met halfgesloten ogen aan.

'Ja, je mag hem hebben.' Ze was het liefst naar de kapstok gelopen om de sleutels voor hem uit haar jaszak te halen, maar ze durfde zich niet te bewegen, bovendien zat haar kantoor op slot.

Toen ze uit het raam keek zag ze een groep mensen staan. Er waren een aantal mannen in uniform: politie en ze zag Stuart. Johan was er ook en haar hart begon te bonzen. Hij stond met een van de agenten te praten. Aan de manier waarop hij zich bewoog, zag ze dat de politie niet wilde doen wat hij voorstelde, dat ze elkaar niet begrepen.

Harald pakte haar bij haar arm beet en trok haar bij het raam vandaan. 'Wat een geluksdag vandaag: jouw gezelschap, een miljoen én je auto.' Hij grijnsde spottend.

Weer liep er een rilling over haar rug en ze bedacht dat wanneer hij naar het kantoor liep, zij zou proberen weg te komen. Helaas liep hij achteruit en hield hij haar voortdurend in de gaten. Hij moest zich echter omdraaien om de deur van het slot te halen en haastig kwam ze overeind om naar de ingang te rennen. Het waren maar een paar meter, het moest lukken.

Ze was bij de deur aangekomen en Harald stond nog in het kantoor. Ze pakte de deurkruk en rukte eraan. De deur zat op slot en met de moed der wanhoop probeerde ze het nog een keer.

Het volgende moment klonk er een schot en ging de glazen ruit naast de deur aan gruzelementen. In paniek liet Eva zich op de grond zakken met haar handen boven haar hoofd, terwijl naast haar de glasscherven vielen.

'Dacht je echt dat het zo gemakkelijk zou gaan?' Harald was met een paar grote passen bij haar en ze keek naar hem op. Hij pakte haar hand beet en trok haar omhoog.

'Dwaas,' zei hij terwijl hij niet-begrijpend zijn hoofd schudde. 'De volgende keer raak ik je misschien. Kom op.' Hij duidde met het pistool dat ze bij de deur weg moest gaan, wat ze dan ook snel deed.

Het duizelde haar, maar ze had zich gelukkig snel weer onder controle en een nieuwe golf van misselijkheid bleef uit. Ze keek toe hoe hij de sleutel in het slot stak en de deur opende.

'Waar ga je heen?'

'Niet ik alleen ga weg, wíj gaan ergens anders heen. Ik heb geen zin om nog langer hier te blijven. Ik wil weleens een ritje met die wagen van je maken.' Hij liep naar haar toe en sloeg een arm om haar schouders.

'Waarom kunnen we niet hier wachten tot Johan het geld bij elkaar heeft?' vroeg ze hem wanhopig. Hoewel ze graag uit het gebouw weg wilde, was ze bang voor wat er zou gebeuren als ze eenmaal buiten waren, misschien zou de politie op hen schieten. Misschien zou Harald op haar schieten, omdat hij geen uitweg meer zag.

'Omdat ik geen zin meer heb om hier te wachten tot je weer van die geintjes gaat uithalen.' Hij begon te lopen en trok haar met zich mee.

Eva schrok zich naar toen ze zag hoeveel politie er daadwerkelijk op de parkeerplaats stond. Ook Harald schrok zichtbaar en hij vloekte een paar keer. Ze ontdekte Johan naast Stuart en hij deed een paar stappen naar voren. De politie hield hem tegen.

'Eva, het spijt me,' hoorde ze Harald zeggen, terwijl ze iets aan het pistool hoorde klikken en ze zag dat hij zijn arm omhoog deed.

Hoofdstuk 28

Op het moment dat Eva haar ogen opende keek ze in de bruine ogen van Johan. Ze dacht dat ze droomde dat hij haar gezicht streelde.

'Lieveling,' zei hij op zachte toon, zijn stem klonk hees.

'Johan.' Ze fluisterde zijn naam en realiseerde zich dat het echt was. Ze was niet gestorven toen Harald had geschoten, toch? Ze bewoog haar armen en benen even, ze kwam ook voorzichtig een stukje overeind.

Johan trok haar nogal heftig tegen zich aan en ze sloeg haar armen om hem heen om zich aan hem vast te klemmen. 'Is alles goed met je?'

Ze knikte, ze dacht in ieder geval van wel. Ze leunde met haar gezicht tegen zijn borst en kon zijn hart voelen kloppen, zijn zo vertrouwde geur ruiken. Ze voelde hoe hij zijn hand door haar haren liet gaan, hoe hij haar zacht heen en weer wiegde. Hoe had ze ooit kunnen denken dat ze zonder hem zou kunnen leven? Dat ze hem niet nodig had?

Zonder dat ze het besefte, hielp hij haar met opstaan en nam haar mee, haar benen wilden haar maar net dragen en Johan hield haar goed vast. Hij liet haar op een muurtje plaatsnemen. Pas toen ving ze een glimp op van wat erom hen heen gebeurde.

Er stonden mensen op de plaats waar ze vandaan kwamen. Harald lag op de grond, ze zag bloed, een brancard. Op dat moment werd er een laken over Harald heen gelegd. Ze herinnerde zich een enorme knal, waardoor haar oren nog steeds piepten en aan de angst dat hij op haar zou schieten. Ze wist weer dat ze was gevallen en dat Harald bovenop haar terecht gekomen was.

Bij de val was ze met haar hoofd nogal hard tegen de straat geslagen en waarschijnlijk was dat de reden dat ze even buiten westen was geweest. Harald had niet op háár geschoten, maar op zichzelf. Er liep een ijzige rilling langs haar rug, vooral toen ze zich realiseerde dat de bloederige vlekken die ze op haar kleding ontdekte niet haar bloed was, maar van Harald en ze dacht dat ze weer van haar stokje zou gaan. Gelukkig wist Johan haar aandacht af te leiden.

Er kwam iemand in een wit pak naar haar toe, met een oranje vest erover. Hij droeg een koffertje met een rood kruis erop.

Johan maakte net genoeg ruimte voor de man om haar te onderzoeken, hij onderzocht haar hoofd en haar arm, waar een beetje bloed uit een schaafwond was gelopen. De man keek in haar ogen en vroeg haar een paar dingen waar ze maar net het antwoord op wist. Wat kon het haar schelen wat voor een dag het vandaag was. 'Het is misschien een goed idee om naar het ziekenhuis te gaan,' stelde de man met een bezorgd gezicht vast.

Ze begon nu haar hoofd en arm pas te voelen en ze protesteerde niet. Het interesseerde haar weinig waar ze heenging, als ze hier maar niet hoefde te blijven. Ze greep Johans hand steviger vast en hij liep met haar mee naar de ambulance.

'Ik kan best met hem meerijden naar het ziekenhuis,' protesteerde ze zwak toen ze zich realiseerde wat er ging gebeuren en dat Johan haar los zou moeten laten.

'Nee, u heeft een behoorlijk klap op uw hoofd gehad, het is verstandiger dat u gaat liggen. Bovendien moeten we u in de gaten houden.'

Ze had niet eens genoeg fut om te protesteren en ze keek Johan alleen maar bang aan.

'Ik kom ook meteen naar het ziekenhuis,' stelde hij haar gerust.

Ze ging op de brancard liggen en sloot haar ogen, ze begreep niet hoe het kwam dat ze zo vreselijk moe was.

'Ze is overigens zwanger,' hoorde ze Johan tegen de man zeggen.

'Hoelang?'

'Dat weet ik niet precies. Anderhalve maand zeker.'

Ze opende haar ogen weer en ze keek naar Johan. 'Twee en een halve maand,' zei ze hees en ze voelde tranen van teleurstelling over haar wangen rollen, omdat Harald het had verraden. 'Johan...'

'Je hoeft niets te zeggen,' zei hij. 'Ik hou van je, het komt allemaal wel goed.' Johan streelde haar gezicht en veegde de tranen weg. 'Ik rijd achter jullie aan, in het ziekenhuis ben ik meteen weer bij je. Niet huilen, lieveling.'

Ze knikte langzaam en hij drukte teder een kus op haar lippen, het liefst had ze hem dicht bij zich gehouden, maar ze liet hem toch gaan. Hij zou tenslotte in het ziekenhuis weer bij haar zijn en hij had gezegd dat hij van haar hield.

Eén nacht moest ze in het ziekenhuis blijven en al die tijd was Johan bij haar. Ze voelde zich vreselijk, had hoofdpijn, haar arm deed pijn en ze was voortdurend misselijk. Ze werd goed in de gaten gehouden door verschillende artsen. Het onderzoek van de gynaecoloog wees uit dat, voor zover hij dat in dit stadium kon vaststellen, met de baby alles in orde was. Zelf had ze alleen een lichte hersenschudding opgelopen en een stijve arm. De misselijkheid was hoofdzakelijk aan haar zwangerschap en de opwinding te wijten.

De meeste tijd bracht ze slapend of op het toilet door. Er kwamen ook mensen van de politie om haar vragen te stellen. Stuart, die zich vreselijk schuldig voelde omdat hij haar alleen had gelaten op kantoor, kwam ook.

Hij vertelde dat ze hadden ontdekt dat Harald hoge schulden had gehad bij iemand die het geld onmiddellijk weer terug wilde hebben en dat hij daarom op het idee gekomen was om geld van Johan af te persen. Dat kopte met wat Harald haar had verteld.

Johan bleef de hele tijd bij haar en dat was het belangrijkste, zelfs al spraken ze niet veel met elkaar. Tenminste niet over de dingen die ze met hem had willen bespreken, voor Harald de plannen had veranderd.

'We gaan naar huis,' zei Johan de volgende ochtend nadat ze nog een laatste keer door een dokter was onderzocht en deze had gezegd dat ze kon gaan.

Eva knikte. Naar huis, dat was zijn huis en niet haar flatje. Dat wist ze op het moment dat hij het zei. Ze wist dat het vanaf nu het enige thuis was wat ze had en ook ooit nog wilde hebben.

'Ja, we gaan naar huis. Heb je het nog?' Ze voelde zich nog steeds verward en de hoofdpijn was nog niet helemaal weg.

'Wat?' Hij begreep haar duidelijk niet.

'Het huis?'

'Ja natuurlijk, je weet toch dat ik het niet meer zou verkopen?' Hij drukte een kus op haar slaap.

'Ja, maar Harald zei dat je misschien je huis en je auto's moest verkopen, vanwege het geld dat hij wilde hebben.'

'Harald was een idioot.' Weer kuste hij haar teder. 'Voor dat geld hoef ik mijn huis en de auto's niet te verkopen. Ik had dat op een andere manier bij elkaar kunnen krijgen. Sneller. Over het huis heb ik me geen zorgen gemaakt, geen moment. Ik heb alleen maar aan jou gedacht, lieveling.' Zijn stem klonk schor en hij moest een keer diep adem halen. 'Laten we gaan.'

Op het moment dat Eva de voordeur van Johans huis binnenstapte, kreeg ze eindelijk het warme, vertrouwde gevoel weer terug. Het gevoel dat ze was kwijtgeraakt op het moment dat ze anderhalve maand geleden haar tas had ingepakt en Johan had verlaten. Het viel als een warme deken over haar heen en het ging meteen stukken beter met haar. Het leek er zelfs op dat haar hoofdpijn verdween.

Johan bracht haar spullen naar de slaapkamer, terwijl zij naar de woonkamer liep en op de bank ging zitten. Ze hoorde Johan de trap af komen en ze keek toe hoe hij naar haar toekwam. Ze had een enorme brok in haar keel.

'Je ziet er moe uit, schat.' Hij keek haar bezorgd aan en toen hij naast haar ging zitten kroop ze dicht tegen hem aan en barstte in een onbedaarlijke huilbui uit.

'Ik was voor die hele toestand al behoorlijk van slag,' verontschuldigde ze zich veel later, stamelend. Ze veegde met haar mouw de tranen uit haar ogen. 'Ik ben niet zo in vorm. Sinds we uit elkaar zijn gegaan ben ik niet zo in vorm.'

Teder nam Johan haar gezicht tussen zijn handen en drukte een kus op het puntje van haar neus. 'Dat geeft niet, dat komt allemaal weer goed.' Ze voelde hoe hij diep ademhaalde. 'Het is allemaal voorbij.'

Het was nu misschien voorbij, maar ze wilde zich niet uit Johans armen losmaken. Zoals altijd voelde ze zich veilig en geliefd in zijn armen. Hij scheen het echter ook niet nodig te vinden dat ze hem losliet.

'Het spijt me dat ik het allemaal zo moeilijk gemaakt heb.' Ze haalde een keer diep adem. 'Ik had je veel te hard nodig en ik wist niet wat ik daarmee aan moest. De laatste maanden liep er van alles mis of anders dan anders en altijd als er iets mis liep, was jij er voor me. Je hielp me altijd zo makkelijk, dat ik bang was dat ik zonder jou niet meer verder zou kunnen. Ik was bang dat ik zo afhankelijk van je zou worden, dat wanneer je weg zou gaan, ik niet meer in staat zou zijn om alleen verder te gaan. Wat je voor me betekende maakte me zo vreselijk bang dat ik het gewoon niet meer aan kon. Ik vergat dat we het samen ook goed hadden als wel alles goed liep, dat we goed met elkaar overweg konden. Dat we graag bij elkaar waren.' Ze slikte. 'Ik hou van je, Johan, en als je me nog wilt, zal ik er ook voor jou zijn. Altijd.'

Johan haalde diep adem en omarmde haar nog een beetje steviger 'Natuurlijk wil ik je nog. Ik hou toch ook van jou.'

Ze moest hem echter nog meer vertellen. 'Johan, je denkt misschien dat ik je niet wilde vertellen dat ik zwanger was, omdat ik inmiddels al zo lang zwanger ben.'

'Dat heb ik me inderdaad afgevraagd,' kwam het toch een beetje aarzelend.

'Ik heb er geen moment aan gedacht dat ik zwanger zou kunnen zijn, ik weet het ook nog niet zo lang.' Ze slikte een keer. 'Ik had het je meteen moeten zeggen, maar ik was er toch wel wat van geschrokken en wilde eerst zelf uitzoeken wat ik wilde.' Haar stem klonk hees, maar ze keek hem dapper aan. 'Ik had het je zelf willen vertellen. Toen ik het kantoor uit wilde lopen, was ik onderweg naar jou om het je te vertellen en ineens stond Harald voor mijn neus.' Ze snikte maar kon zich nog net inhouden weer in tranen uit te barsten. 'Ik was echt van plan om het je te vertellen.'

'Dat geloof ik ook wel. Niet huilen, schat. Het geeft niet.' Hij streelde haar gezicht, haar intussen allemaal heerlijke kleine kusjes gevend.

'Het geeft wel. Harald had geen recht om het tegen je te zeggen, vooral omdat hij al vermoedde dat jij van niets wist. Harald schijnt me een poosje in de gaten te hebben gehouden. Hij wist precies wat ik gedaan had, ook dat ik een zwangerschapstest had gekocht en dat ik bij dokter de Jager geweest ben.' Ze slikte een keer. 'Verdorie.'

'Waarom verdorie? Ben je er niet blij mee?'

'Jawel, natuurlijk wel. Ik besef geloof ik alleen nog niet helemaal wat het betekent.' Ze glimlachte aarzelend. 'Maar ik ben er inmiddels wel blij mee. Je had het alleen van mij moeten horen en niet van Harald.' Weer sprongen er tranen in haar ogen.

'Daar is niets meer aan te doen, schat. Eerlijk gezegd ben ik er een klein beetje blij om dat Harald het heeft gezegd, ik weet niet of jij eraan zou hebben gedacht om het in het ziekenhuis tegen de artsen te zeggen. Ze hadden vast en zeker röntgenfoto's van je arm en je hoofd genomen als ze het niet hadden geweten.' Hij veegde de tranen van haar wangen.

'Wil je nog steeds met me trouwen?' Een moment sloeg haar de angst om het hart, misschien had hij zich na alles wat er gebeurd was wel helemaal bedacht en wilde hij haar niet meer.

'Eva, natuurlijk wil ik dat nog,' zei hij. 'Ik hou vreselijk veel van je. Met jou trouwen gaat me de gelukkigste man ter wereld maken. Dat wij samen een kind krijgen is heerlijk.'

'Maar tot nu toe was er in je leven geen plaats voor kinderen.' In dat van haar ook niet, maar daaraan wilde ze niet meer denken. Haar hele leven was veranderd en een kind van Johan was het beste wat haar had kunnen overkomen.

'Tot ik jou leerde kennen, had ik nog geen vrouw ontmoet waarmee ik kinderen wilde hebben. Ik had voor jou nog niemand ontmoet waar ik zo vreselijk veel van hield als ik van jou doe.' Met zijn beide handen omvatte hij haar gezicht, hij streelde teder haar wang terwijl hij haar aankeek. 'Nog nooit, Eva. De meeste tijd ben ik er ook zeker van geweest dat jij ooit zou inzien, dat we bij elkaar horen. Ik was zo gelukkig dat je op mijn antwoordapparaat had gesproken, maar meteen daar achteraan kwam het bericht van Harald. Ik heb even nodig gehad om te begrijpen wat hij bedoelde. Toen ik Harald later op de parkeerplaats zag, wist ik dat de mogelijkheid bestond dat ik je voor altijd zou verliezen en we niet toch nog een kans zouden krijgen. Op het moment dat ik het schot hoorde, dacht ik dat ik zou sterven van angst. Het was niet meteen helemaal duidelijk dat hij niet op jou, maar op zichzelf had geschoten. Ik ben nog niet eerder zo bang geweest.' Zijn ademhaling beefde bij de herinnering. 'Ik hou van je.' Hij drukte zijn lippen op de hare en het duurde niet lang voor ze zich helemaal in zijn kussen en aanrakingen verloor.

Het was alsof het nooit anders was geweest en toch was het anders. Het was anders omdat ze nu het gevoel had dat het goed was, dat het allemaal klopte.

Johan was uiteindelijk degene die de omarming verbrak. 'Laten we het liever een beetje rustig aan doen.' Hij streelde haar gezicht. 'Ik heb je net uit het ziekenhuis gehaald.' Hij trok haar dicht tegen zich aan en hield haar gewoon goed vast.

'Ik ga het doen,' zei Eva plotseling nadat ze een keer diep adem had gehaald. 'Ik ga tegen Stuart zeggen dat ik minder wil werken.' Ze slikte, maar de paniek die ze ondanks haar goede voornemens verwachtte, kwam niet. 'Ik ga weer piano spelen. Dan ga ik terug naar mevrouw Gadingen om te leren spelen. Ik heb al met haar gesproken en ze wil me les geven. Ik weet niet of ik volgend jaar mee kan op de tournee, vanwege mijn baby. Vanwege onze baby.' Automatisch streelde ze over haar buik. 'Maar misschien kan ik evengoed hier en daar optreden. Mevrouw Gadingen heeft een muziekschool.' Ze keek Johan aan en voor het eerst sinds maanden, misschien wel sinds jaren, voelde ze zich lichter. Het voelde alsof er een last van haar schouders viel; ze was gelukkig.

Johans ogen straalden, ze vond dat hij er gelukkig uitzag. Kwam dat omdat zij nu wist wat ze wilde, omdat zij nu gelukkig was? Ze haalde diep adem en viel hem om zijn hals. 'Ik hou van je, ik zal altijd van je blijven houden, ik zal nooit meer bij je weglopen of aan je twijfelen. Ik hou van je.'

Johan drukte haar dicht tegen zich aan en kuste haar weer. Toen hij haar aankeek, zag ze dat hij tranen in zijn ogen had, net als zij, tranen van geluk.

Hoofdstuk 29

'Nee!' riep ze uit, terwijl ze naar Johan en de baby keek. 'Ik wil hem niet!'

'Eva?' Johan keek haar geschokt aan.

'Nee, ga weg!' Ze draaide zich van hem weg en barstte in tranen uit toen ze hem inderdaad hoorde weglopen. Ze was daarover teleurgesteld en opgelucht tegelijk. Ze was verward, moe en vreselijk bang, eigenlijk wist ze niet eens zo precies waarom ze nu weer zo bang was.

'Lieveling.' Johan kwam niet veel later bij haar op het bed zitten. 'Wat is er aan de hand?'

'Ik weet het niet.' Ze kroop in zijn armen, waarna er nog meer tranen vloeiden.

Johan hield haar goed vast en streelde haar haren, hij zei echter niets. Daar was ze blij om, als hij vragen zou stellen, zou ze de antwoorden er op niet weten.

Het was alsof ze met een magneet naar het wiegje werd getrokken. Het gehuil van Benjamin leek haar plotseling diep van binnen te raken. Ze vroeg zich af waar Johan was. Normaal gesproken ging hij altijd meteen naar hem toe om hem te troosten.

Aarzelend keek ze in het wiegje waar de baby met een rood aangelopen en verwrongen gezichtje lag te huilen alsof de wereld verging. Het deed pijn hem zo te zien, het voelde een beetje alsof haar hart brak.

'Hallo, Benjamin,' zei ze op zachte toon en haar stem klonk een beetje krakerig. 'Niet zo huilen.' Ze boog zich iets verder over het wiegje heen en haar zoontje opende even zijn oogjes, daarna ging hij echter meteen weer verder met huilen.

'Niet huilen, papa komt zo. Ik weet zeker dat papa zo komt.' Bezorgd keek ze om zich heen, maar Johan was nergens te bekennen. Ze strekte haar hand naar haar baby uit en streelde aarzelend zijn zachte, warme wangetje. Hij leek echter nog steeds geen aanstalten te maken om te stoppen met huilen. Misschien zou hij ophouden met schreeuwen als ze hem uit zijn bedje zou pakken. Bij Johan werkte dat.

Eva had moeite met slikken. Wat als ze hem liet vallen? Wat als hij nog veel harder zou gaan huilen als ze hem oppakte? Toch was het geschreeuw voor het eerst sinds twee weken erger dan haar angst om iets verkeerd te doen. Voorzichtig pakte ze hem uit het wiegje en drukte hem tegen zich aan. Waar bleef Johan? Hij wist precies hoe hij met Benjamin om moest gaan.

Langzaam liet ze zich op de bank zakken. Dacht ze het alleen of huilde hij nu inderdaad minder? Haar paniek begon wat af te nemen. Zacht sprak ze tegen hem en een enkel keertje streelde ze zijn gezichtje, dat helemaal rood en warm was van de inspanning. Inderdaad werd hij een beetje rustiger en uiteindelijk opende hij zijn oogjes en keek hij haar aan. Op datzelfde moment stopte hij met huilen. Opgelucht haalde ze een keer diep adem en bleef ze in zijn donkere ogen kijken. Hij had de mooiste ogen die ze ooit had gezien.

Een beweging bij de deur maakte dat ze opkeek.

'Johan.' Ze glimlachte onzeker. 'Hij huilde zo, ik heb hem maar uit zijn bedje gehaald en hij is opgehouden.' Ze voelde zich betrapt en maakte aanstalten om op te staan en Benjamin aan Johan te geven.

Johan deed net of hij het niet merkte en kwam naast haar op de bank zitten. 'Hij is vast erg blij om zijn moeder te zien,' zei hij.

'Denk je dat hij daarom is opgehouden met huilen?' vroeg ze, haar stem trilde.

'Ja, dat denk ik. Hij zal je wel erg gemist hebben al die tijd.' Johan streelde haar haren en drukte er een zachte kus in. 'Ik heb wat te eten voor hem bij me.' Hij hield een flesje omhoog. 'Hij zal ook wel honger hebben.'

Ze knikte even en wilde Benjamin in Johans armen leggen.

'Geef jij het hem maar.' Hij gaf haar het flesje en streelde daarna Benjamins wangetje, de baby bleef echter haar aankijken.

Hij was haar zoon, hij was Johans zoon, hij was hun baby. Er was niets om bang voor te zijn. Ze had zich er zo op verheugd om hem te krijgen. Wat was er misgegaan? Ze slikte, terwijl ze toekeek hoe hij inderdaad aan de speen begon te zuigen die ze zacht tegen zijn mondje had gedrukt.

Ze bekeek haar baby van top tot teen. Hij was niet meer zo vreselijk rood en hij had grote donkere ogen die haar in de gaten hielden, zijn haren waren donker en stonden alle kanten op. Johan had hem een rood met wit boxpakje aangetrokken met dalmatiërs er op. Als ze het zich goed herinnerde hadden ze dat van mevrouw Mertens gekregen. Zijn handjes gingen voortdurend open en dicht en hij trappelde regelmatig met zijn beentjes. Hij was een wonder en het was voor het eerst dat ze dat besefte.

Tegen de tijd dat Benjamin zijn flesje half leeg had, was hij in slaap gevallen en ze trok de speen uit zijn mondje, hij bewoog zijn hoofdje wat onrustig maar sliep wel verder.

Pas op het moment dat Johan ze wegveegde, merkte ze dat er

tranen over haar wangen liepen.

'En nu?' Ze keek hem nerveus aan.

Johan haalde zijn schouders op. 'Je zou hem weer in zijn bedje kunnen leggen, maar je kunt hem gewoon ook nog een poosje vasthouden.' Hij pakte de fles uit haar hand en zette hem op de salontafel neer. 'Het kan zijn dat hij zo nog een keer wakker wordt.'

'Het spijt me,' fluisterde ze.

Johan trok haar dichter naar zich toe en drukte een kus op haar wang. 'Ik hou van je, Eva, het komt allemaal wel goed.'

'Ik begrijp niet, waarom ik me niet eerder zo heb gevoeld. Iedere normale moeder heeft dat toch meteen?'

'Eerlijk gezegd begrijp ik het ook niet,' fluisterde hij en ze kon voelen dat hij diep zuchtte. 'Maar ik ben er blij om dat het nu toch nog gebeurd is.'

Ze keek hem aan en voelde zich nogal schuldig, ze had hem voor alles op laten draaien. De laatste weken hadden ze amper met elkaar gesproken en ze had hem gemist, dat was een van de weinige dingen waarvan ze zich bewust was geweest. Ze had Johan gemist, niet hun kind. Ze had hem met Benjamin bezig gezien en gewild dat hij haar erbij betrok, maar iedere keer als hij dat had geprobeerd, had ze zich weer teruggetrokken in de mist in haar hoofd. Ze was enorm bang voor zichzelf geweest, omdat ze niets meer deed.

De voorgaande maanden was er erg veel veranderd, ze was na de gijzeling een tijd thuis geweest maar uiteindelijk toch weer aan het werk gegaan. Ze was minder uren gaan werken en er waren twee extra mensen aangenomen, waardoor zij haar tijden beter kon aanhouden. Het werk was weer leuk.

Hun eigen bruiloft was een fijn feest geweest en ze had zich de gelukkigste vrouw ter wereld gevoeld. Minh had een prachtige jurk voor haar gemaakt naar het voorbeeld van *Evanita* in de catalogus. Wat ze ook weer deed was pianospelen en dat was heerlijk; twee keer in de week ging ze naar mevrouw Gadingen. Ook thuis speelde ze veel en hoewel er zoveel veranderd was, was ze gelukkiger geweest dan ooit.

Ze kon niet verklaren waarom ze sinds Benjamins geboorte helemaal naast zichzelf had gestaan. Johan had voorgesteld naar de psychologe te gaan, bij wie ze na de gijzeling ook was geweest, maar ze had hem behandeld alsof híj degene was die niet goed bij zijn hoofd was. Weliswaar had ze de hormonen geslikt die ze van haar arts had gekregen, maar dat was ook alles waar ze aan toe had willen geven.

Ze slaakte een diepe zucht. 'Het spijt me,' zei ze weer, ze keek van Johan naar Benjamin. Hij opende zijn oogjes en ook dit keer begon haar hart sneller te kloppen. Toen hij zijn gezicht vertrok ten teken dat hij het weer op een brullen zou gaan zetten verlegde ze hem tegen haar schouder, een reactie die zonder erover na te denken of bang te zijn iets verkeerds te doen, automatisch ging. Het duurde niet lang voor hij weer ophield met huilen en ze gaf hem de rest van het flesje.

De hele dag bleef ze dicht bij haar baby in de buurt, 's avonds zat ze samen met Johan op de bank. Behalve over Benjamin hadden ze weinig met elkaar gesproken, toch had ze zich weer met hem verbonden gevoeld.

'Gaat het goed met je?' vroeg hij haar.

Ze knikte langzaam. 'Ja, het gaat goed met me, de mist in mijn hoofd is weg.' Ze keek hem aan en schudde toen even haar hoofd. 'Ik begrijp niet wat er aan de hand was.'

'Het kan iets met hormonen te maken hebben,' zei hij toen. 'Je hebt braaf je pillen genomen en dat heeft vast geholpen.'

'Waarschijnlijk.' Ze glimlachte naar hem. 'Dank je, dat je er nog steeds voor me bent.'

'Dat is toch logisch.' Hij drukte een kus op haar wang. 'Ik hou van je.'

'Na alles wat je al met me hebt moeten doormaken, lijkt me dat helemaal niet zo logisch.'

Hij trok even zijn wenkbrauwen op en glimlachte toen. 'Toch is het zo. Ik ben blij dat je er weer bent.'

'Ik ook.' Ze knikte instemmend. 'Ik hou nog steeds van je, Johan,' vertelde ze hem toen. 'Wat er ook nog in ons leven gebeurt, dat zal ik altijd blijven doen. Ik zal ook altijd van Benjamin blijven houden.' Ze besloot om niet meer aan de afgelopen paar weken te denken, alleen Johan en Benjamin waren nog maar belangrijk en wat ze voor hen voelde.